文春文庫

神様の罠

辻村深月　乾くるみ　米澤穂信
芦沢央　大山誠一郎　有栖川有栖

文藝春秋

神様の罠／目次

神様の罠

夫の余命

乾くるみ

二〇二〇年七月四日

巻浦《まきうら》市民病院は十二階建ての本館と、八階建ての西館と東館、五階建ての駐車場からなる総合病院で、病床数は巻浦市内で最大の六二〇床を誇っている。医師が約一八〇名、看護師は約七〇〇名。

西館と東館の屋上は一部、入院患者の日向《ひなた》ぼっこ用に開放されていたが、ヘリポートが設けられている本館屋上は基本的に、職員以外の出入が禁止されていた。階段室から外に出るには暗証番号の入力が必要だったし、エレベーターはＩＣＵのある十階と直通のものがひとつあるだけで――それでも稀に入院患者や見舞客などがうっかり迷い込むことがあるという話だった。

わたしの場合はうっかりではない。自分の意志で本館の屋上に出たのだ。地上ではさほど感じなかった風が、この高さになるとびゅうびゅうと吹き抜けてゆく。南に五百メートルほど離れた市街地の中心部には、タワーマンションなどの高層建築物がいくつか目に付いたが、近隣ではここがいちばん高い場所だった。

貴士《たかし》さんとの思い出の場所は他にもいくつかあった。最初のデートで訪れた大悟山《だいごやま》公園。初めて一夜を共にした二本松《にほんまつ》通りの彼のマンションの部屋。式を挙げた八郎苑《はちろうえん》。そして新婚生活を始めた谷山《たにやま》町のマンション。二本松通りのマンションは次の入居者がいたら入れなかっただろうが、その他の場所には自由に訪れることができたはず。

でもわたしはこの病院を選んだ。ここが最後の場所だったからだ。

一ヵ月半前――五月十六日、わたしたちの愛は永遠に失われた。

「時原《ときはら》貴士さん。復唱してください。新郎となる私は、新婦となる田ノ本美衣《たのもとみい》を妻とし、富めるときも貧しきときも、病《や》めるときも健《すこ》やかなるときも――」

死が二人を別《わか》つまで――「誓《ちか》いの言葉」のその一節が、わたしたちには重かった。一年前に式を挙げたとき、死がすぐそこまで迫っていることが知らされていたのだ。挙式の時点で余命半年と言われていたが、死がわたしから貴士さんを奪うまで、結果的に十ヵ月以上を要した。だから諦《あきら》めなければ――もうちょっと頑張れば、子供だって授かっていたかもしれない。

貴士さんを失った今――二度と彼と愛し合うことがなくなった今、わたしは虚《むな》しいだけの存在になり果てていた。実体のない追憶だけが、ふらふらと彷徨《さまよ》っているような状態だった。

　本館の屋上は床面が二層に分かれていた。中央のヘリポート部分の四囲《しい》を、それより一メートルほど低い回廊状の床が取り巻いていて、その外側を高さ一メートルの鉄柵がぐるりと囲っている。階段とエレベーターの出入口のある建屋だけが一ヵ所高くなっていたが、それ以外の部分の最高点、回廊部分の鉄柵とヘリポートの床面の高さが揃えられている。そうすることでヘリの発着がより安全になるという配慮なのだろう。ヘリポートの床面を高くするほうが一般的だろうが、ストレッチャーを運ぶにはエレベーターまで平らなこの構造のほうが便利なはずだ。

　回廊部分の幅は二メートル弱といったところか。わたしは屋上に出てすぐに、五段の短い階段を下った回廊部分に下り立った。ヘリポートの床面からたとえ足を踏み外したとしても、一メートル下のこの回廊に落ちるだけで、鉄柵のフェンスを越えて外に落ちることは絶対にない。そういった意味での安全対策はいちおう講じられている。あと屋上への出入り自体も制限されているせいか、飛び降り自殺対策などは特に考慮されていないようだった。

　一メートルというフェンスの高さはちょうど良く、見晴らしは最高だった。南に巻浦の市街地が一望できた。遠くには巻浦漁港が、さらにその先には海が見えている。

最後にこんな素敵な光景を見せてもらえるなんて……。

できることなら過去に戻りたい。彼と共に過ごした時間の流れの中に。

わたしは思い切って鉄柵の手すりの上に立ち、そして大空に向かって飛んだ。地上との距離に、みるみる加速がついてゆく。

その瞬間――。

追憶はついに奔流となって――新しいものから古いものへと逆順に――わたしの中を駆け抜けた。

二〇二〇年五月十六日

容態が急変したその日。

緊急事態宣言が解除されて初めての週末ということで、両家の家族がたまたま集まっていた。貴士さんの両親がいる。わたしの母と妹もいる。彼らにとってはそれが幸いした形だったが、わたしはできることなら平日のほうが良かった。最期のお別れは、わたしと貴士さんの二人だけのときにしたかった。

でも仕方がない。一昨日でも昨日でもない、今日が、定められた運命の日だったのだ。

ベッドを囲む四人の隙間《すきま》から、貴士さんの顔がわずかに見えている。目を開けていたが、その瞳《ひとみ》は虚《うつ》ろで、何の感情も読み取れなかった。

看護師の一人が慌てた様子で医師を呼びに走ったので、最期の時が近づいているのがわかった。駆けつけた医師によってベッドの脇のスペースがさらに一人ぶん塞《ふさ》がれる。この病棟における医師の仕事は、救命ではなく鎮痛、そして今回のように、死亡の確認が主たるものだった。

貴士さんの口がわずかに動いたように、わたしには見えた。この期に及んで、何か大事なことを言おうとしているのではないか。わたしは出来ることなら、彼の口元に耳を寄せてその言葉を聞き取りたいと思ったが、その願いが叶うことはなかった。看護師の一人がわたしの腕をがっちりと摑《つか》んでいる。

誰もが押し黙って最期の時を待っていた。病室内は異様なほど静かで、ドラマなどでよくあるような、心電図モニターの音などもここにはない。

長い時間、脈を取っていた医師が、ようやくその手を離した。人工呼吸や心臓マッサージなどの救命処置をしなくてもいいことを、改めて家族に確認する時間があり、ようやく宣告が下された。

「午後三時五十分、ご臨終《りんじゅう》です」

その瞬間を迎える覚悟は、はるかな昔から出来ていた。そのつもりだった。

でも現実は、幾度《いくど》となく繰り返したシミュレーションとはいささか異なっていた。

金縛りにあったかのようにその場から動けなくなったわたしの代わりに、なぜだかわたしの妹が、貴士さんの身体に縋《すが》り付いて噎《むせ》び泣いていた。

そうか。妹も貴士さんのことが好きだったんだ。

世界から現実味が急激に失われてゆく中で、わたしはぼんやりと、そんなことを考えていた。

二〇二〇年四月九日

知らない間にうたた寝をしていたらしい。

いつもの脳神経外科入院棟の個室である。部屋の中央に据《す》えられた患者用のベッドの他に、付き添い家族用の仮眠ベッドも、一メートルほどの間を空けて設けられていて、この仮眠用のベッドが、簡素な造りなのに、なぜかわたしの身体にはフィットした。実家の布団よりも新居のベッドよりも、この病室の、しかも簡素なほうのベッドの寝心地が何より最適で、わたしを深い眠りへと誘い込む。

目が覚めてすぐにわたしは、自分が病室に一人きりでいることに気づいた。

貴士さんは――どこ？――今は何時？

ベッドサイドに置かれたテレビ台兼用のワゴンで、現在時刻を確認する。夜七時半を少し過ぎていた。

貴士さんは——トイレだろうか？　いや、個室備え付けのバスルームの引戸は開けっ放しで、中は真暗だった。

わたしが焦《あせ》りまくって——それなのに何もできないまま——五分ほどが経過しただろうか。不意に病室のドアが静かに開いて、貴士さんがゆっくりと入ってきた。仮眠用のベッドの上に起き直っているわたしをすぐに見つけて、にこっと微笑《ほほえ》みかける。

「心配させた？　ごめんごめん。寝てるのを起こすのも悪いなと思ったんで、こっそり出て行っちゃった。どうやら小康状態が続くなと思ったんで、今のうちに、緩和ケア病棟の見学を済ませておこうと思って。小島《こじま》さんが今なら大丈夫って言ってくれたんで……。向こうの婦長さんにもご挨拶《あいさつ》してきたよ。近々移りますんでよろしくお願いしますって」

別の病棟の見学には、入院患者の晩御飯の片付けも済んで看護師たちの手が空く、この時間帯が適切だったのだろう。

「どうだった」とわたしが訊ねると、

「うん。想像していたのと違って、全体的に穏やかな印象だったよ。ほとんどが癌《がん》患者だって話だったけど、鎮痛剤が効いているのか、叫んだり唸《うな》り声をあげたりするような患者さんはいなかった。みんなおとなしくベッドで寝ているだけで、あれならここと同じように休めるだろうし――あと、個室もあるって言ってたから」

「個室は見てこなかったの？」

「うん、今はどれも塞がってて。でもすぐ空くだろうとは言ってた」

緩和ケア――いわゆるホスピス病棟である。すぐに空きが出るというのは――そういうことなのだろう。

貴士さんは疲れた様子で、患者用のベッドの隅《すみ》に腰を下ろすと、

「あと、美衣とも前に話し合ったことのある、尊厳死の話だけど――あの、生命維持装置を繋ぐか繋がないかっていう話ね。あれも向こうに伝えておいたから。前に話し合ったときとは違って、今は新型コロナの治療で人工呼吸器が病院全体で不足しがちだという条件も加わってるけど、それも考えた上で、延命措置は必要ありませんって、夫婦でちゃんと話し合って決めましたって伝えてきた。……あとで正式な書類を持って、向こうの人がここまで来るみたいだから、美衣も自筆で署名してもらうことになると思うけど――それでいいよね？」

改めてそう確認を迫られると、自分たちの決定に不安を覚えてしまう。自発的な呼吸を失ったあと、そして正常な脳波が停止したあとも、生命維持装置に繋いでいる間は患者の死を先延ばしにできる場合がある。肉体は死なず、ときには手足の不随意運動が家族を喜ばせたりもする。しかしその状態を永遠に続けることはできない。いつかは必ず、

残された家族の責任において、装置のスイッチを切らなければならない。その期間に得られるものよりは、失うもののほうが多いのではないか。だったら最初からそんな装置には繋がないでほしい。わたしも夫の主張に納得して、そんなふうに割り切れたはずなのに――いや、そんなふうに割り切ること自体が、冷たい性格に由来しているのでは？　普通はそんなふうに簡単には割り切れないものなのではないか？

「うん。さんざん話し合って、決めたんだもんね」

いろいろ考えた末に、わたしがそう言うと、貴士さんが大きな溜息《ためいき》をひとつ吐いて立ち上がった。

わたしには隠しているつもりだろうが、彼が小島さんを意識しているのはバレバレだった。普段の服のままで良いはずなのに、今日はわざわざスーツのズボンを穿《は》いていた。ウエストの部分に自然と目が行ってしまった。ベルトに絞られて、縦皺《たてじわ》がたくさん寄っている。ベルトを外したらそのままストンとズボンが脱げてしまうのではないか。

また一段と痩《や》せたみたいだ。

新しいズボンを買わないと――そう思いつつも、わたしは同時に、どうせ新しいズボンを買っても、それを穿いた彼の姿はもう見られないだろうと、もはや半ば以上諦めていた。

二〇二〇年三月十七日

午前中の早い時間から、何となく、脳神経外科の病棟全体がざわついているような感じがしていた。

大部屋だったらもっと早く情報が届いていたかもしれない。わたしたちは個室に入れさせてもらっていたので、たぶん入院患者の中では最後のほうに知らされた組だったのだろう。

午前の回診に姿を見せたのは、酒匂《さこう》先生ではなく大村《おおむら》先生だった。後ろについている看護師さんは小島さんで、いつもどおり変わらない。

「えー、時原さんにもお知らせしておく必要があるでしょうから言います。本日より、担当医が酒匂部長から私に交替しました。今までも検査のときなどに顔は合わせてきましたし、改めて自己紹介をする必要はないと思いますが、とりあえずよろしくお願いします」

貴士さんは大村先生のことを、ぼんやりとしか憶《おぼ》えていないようだった。わたしのほうがたぶんしっかり憶えている。

「ではいつものように、問診と簡単な検査を行います。ベッドに寝たままで結構です」

「酒匂先生はどうされたのですか?」

やはり貴士さんもその点が気になるようだった。小声で、大村先生ではなく小島さんに聞いている。

小島さんも囁《ささや》き声で答えた。

「それが……。今朝、ご自宅で、亡くなられているのが見つかったんです」

「えっ」と思わず声が出た。すかさず、「小島くん」と大村先生が叱責したあと、しょうがないなあという感じで喋《しゃべ》り出した。

「死因は心不全とのことです。医者の不養生というやつでしょうか。苦しまずに亡くなったみたいだという話だったので、その点は――まあ、そうですね」

最後のほうで言葉を濁したのは、余命わずかの患者が目の前にいることに気づいたからだろうか。

検温や血圧測定などひと通りの検査が終わって、大村先生と小島さんが病室を後にしたところで、わたしは貴士さんに話し掛けた。

「酒匂先生のほうが先に亡くなられるなんて……」

「まだそんな歳じゃなかったよな？　見た感じ、六十代前半ぐらいで」

「わたしたち、どうなるのかしら……」

わたしがそう呟《つぶや》くと、貴士さんは、きょとんとした顔を見せた。

「担当医が変わっても、余命の計算が変わるわけじゃない。毎週ＭＲＩで腫瘍《しゅよう》の大きさは確認してるんだ。もうとっくに限界を超えている。いつ血栓が出来るか、あるいはいつ呼吸中枢が押し潰されるか――毎日毎日がギャンブル状態なんだ。それは大村先生が担当医になっても変わらない」

「そんなふうに言わないで……」

わたしが泣きそうな気持ちでうつむきかけたとき、病室のドアがゆっくり開いて、先ほど大村先生と一緒に立ち去ったはずの小島さんが入ってきた。

「びっくりしました？　ごめんね、ここだけ情報が遅くて」

小島さんはわたしと貴士さんを等分に見て――いや、どちらかというと貴士さんと目が合う時間のほうが長いように思えた。

「次の部長さんは？　さっきの大村先生？」

貴士さんが訊ねると、小島さんは待ってましたという口調で、

「順番的にはそうなるはずなんですけど、大村先生はまだ経験不足という声もあって――その場合にはだから、どこか外部から人を連れてきて部長の椅子に座らせるという選択肢もあるみたいです」

医局内の人間関係について五分以上語ったところで、ようやく満足したらしく、

「それじゃあ、仕事があるんで、また――」

最後は明らかに貴士さんにだけ挨拶をして、小島さんは病室を出て行った。

わたしはワゴンの冷蔵庫から水のペットボトルを取り出すと、ひと口飲んで気を鎮《しず》めた。

二〇二〇年一月二十八日

午後六時過ぎに帰宅した貴士さんが、玄関のドアを閉じてすぐ声を掛けてきた。

「おっ、いい匂い。魚だね」

「今日は和食にしてみたの」

匂いに誘われるようにダイニングキッチンに顔を見せた貴士さんに、わたしは微笑みかける。

「美衣のご飯が食べられるのが一番なのはもちろんだけど、僕は店屋物でもほか弁でもいいんだよ」

「普通の新婚家庭と同じことがしたいの」

最後にブリにもう一度火を通し、みそ汁を仕上げてから、ダイニングテーブルに献立《こんだて》を並べる。

「こうやって、二人だけで普通に過ごす時間が、どれだけ貴重だったかを、後で思い返す日がきっと来るとわかっているから、一日一日を大切にしたいね」

わたしがそう言うと、貴士さんも深く頷《うなず》いてくれた。

貴士さんの「ごちそうさま」はいつも早い。食べる量が少ないからだ。去年の年末あたりから、ご飯の量をさらに減らしてほしいと言われて、わたしよりも盛る量が少なくなった。もちろんお代わりをすることはない。服のサイズがどんどん替わるので、二ヵ月に一回のペースで数万円ぶんの服を買っている。

わたしも少し遅れて「ごちそうさま」をした。二人でリビングに移動する。

「そういえば、うっかり忘れてたんだけど、ちょうど一週間前かな？　去年の一月二十一日が何の日だったか、美衣は憶えてる？」

何だろう？——と一瞬考えて思い出した。

「余命一年って言われた日！」

「そう。先週がその一年後だった。もう一週間が過ぎている」

「酒匂先生の予言が外れたのね！」

わたしが場を盛り上げようとしてそう言うと、貴士さんは冷静に、

「いや、そういうことじゃないと思うんだ。あの時点では漠然と『一年』という言い方をしたけど、誤差はけっこうあったわけで、それよりもここ最近のＭＲＩの結果から推察されている数字のほうがより重要で正確だからね。そっちはあと二、三ヵ月という言い方をされている。僕は酒匂先生のことは信頼してるんだ」

「わたしも信頼はしてるよ」

わたしの追随に、わかっているよと二度ほど頷くと、

「あの先生はとにかく説明が上手い。三ヵ月ぐらい前にしてくれた脳腫瘍の説明、憶えてる？」

そう前置きして、貴士さんは酒匂先生がかつて話してくれた説明を繰り返した。

脳腫瘍は脳にできる癌である。もともと厄介《やっかい》なのは——胃癌と比べればわかり易いんだけど、胃癌はお腹を開いて胃が見える、癌が見える、癌と正常な細胞の境目がこのへんかなーって円を描いたとき、ギリギリのところを切るんじゃなくて、かなり余裕を見て、大きく切り取ってしまう。そうすると癌細胞は全部切除される。残った胃の両端を縫い合わせて小さな胃ができる。あとは人間の再生能力の出番で、正常な細胞は胃が小さくなっちゃったのを悟って頑張って細胞分裂して、やがて胃は元の大きさに戻る。癌細胞はひとつも残っていない。これで癌が完治できる。

癌というのは死ななくなった細胞で、細胞分裂を永遠に繰り返す。人間の細胞はもともと細胞分裂を繰り返すように設計されているが、受精卵が胎児になり、赤ちゃんが子供になり、十代が二十代になるまではそれでいいとしても、ずっと細胞分裂を繰り返していたら身長が二メートルになり、四メートルになり、倍々ゲームがそんないつまでも続いては困るので、細胞単位で新陳代謝を繰り返す。細胞がある程度の年数を経て寿命

を迎えると、分裂しなくなり、死んで材料だけが残る。その材料を使って近くの若い細胞がまた分裂をして、細胞単位で新陳代謝が行われる。それが正常な細胞の働きなんだけど、癌細胞が一個できると、本当に倍々ゲームが始まってしまう。

癌細胞が集まったのが悪性の腫瘍である。真ん中の癌細胞しかない部分では、細胞分裂の材料が手に入らないので倍々ゲームは止まっている。でも外側では倍々ゲームが続いて輪郭がどんどん大きくなる。このときお団子《だんご》のように綺麗な形のまま膨《ふく》らんでいけば切除も簡単なんだけど、境界上では正常な細胞と入り乱れて輪郭がぼやけてくる。だから切除が難しい。ここまで切れば全部取れただろうと思っていても、切り取り線より向こう側に癌細胞が一個でも残ってしまったら、またそこから倍々ゲームが始まってしまう。これを癌の再発と言う。

胃癌の場合は正常な細胞をごそっと余分に切ることによって、再発を防ぐことができる。ところが脳腫瘍の場合は同じようにはできない。まわりの正常な細胞はそれぞれ何らかの機能を請け負っている。腫瘍を切除するときに再発を防ぐために正常な細胞を余分にごっそり切り取ってしまうと、その正常な細胞が担当していた脳の機能が一緒に失われてしまう。半身不随になるか、失明するか、記憶を失うか——脳腫瘍の場所によって、どんな障害が現れるかは異なるものの、とにかく今まで正常だった脳の機能が何らかの形で損なわれることは必至である。脳の手術をして何らかの障害が残ったら、それは成功とは言えない。障害の発生をなるべく少なくするために、正常な細胞と癌細胞の境目ギリギリを切り取ろうとしたら、今度は再発が必至になる。

だから悪性の脳腫瘍の場合、手術は最初から再発を覚悟の上で、腫瘍の内部を削り取るだけで、正常な細胞は絶対に傷つけないようにするしかない。でも時原さんの場合には、腫瘍が脳の内部にあって表面に接してないので、その手術さえもができない。胃癌だったらお腹の皮を切り開いて胃にアクセスして、このへんが癌だって部分をごっそり切除できるけど、脳の場合は頭皮を剝《は》がし頭蓋骨に穴を開けて、そこに見える大脳皮質の表面に患部が無かったら、もうどうしようもない。脳の表面をメスで数センチ切り開いたその先に腫瘍があるとわかっていても、その数センチは正常な脳の神経線維《せんい》が詰まっている場所だから、切り開いちゃいけない。そこをメスで切ったら大事な配線がブチブチブチッと切れてしまうわけだから、脳の縫合がもし可能だったとしても、それで数千万本の神経線維が元通りに繋がるわけではない。切ったらオシマイなんだから。

だから時原さんの場合は、腫瘍を手術で削ることがそもそも場所的に無理なので、あとは薬と放射線を使って少しでも先延ばしにするしかないんだけど、それさえも承知していただけないのは——。

「残りわずかな人生を、延命治療の痛みや苦しみ、あと髪が抜けたりする副作用を受け入れて、そのぶん少しでも長く生きようとするか、それとも普通の生活を送りたいか

「——」

「わたしは普通の新婚生活がしたかった」

「僕もそうだった。だから後悔はしてない」

そう言って微笑もうとした貴士さんの表情が、急に怪訝《けげん》なものに変わり——一切の動きが止まった。

まるで電池が切れたロボットのようだった。人間がこんなふうに動作を停止することがあるのか？

おかしい——おかしい——貴士さんがおかしい！

わたしは目の前が真っ暗になった。

その後の記憶は一切ない。誰が一一九番に連絡したのだろう。貴士さん？　それともわたし？

ともあれ、次に憶えている場面は、すでに巻浦市民病院の脳神経外科病棟の個室の中だった。

そしてその個室が、以降の生活の中心の場となり、谷山町のマンションの新居は、ときどき着替えなどを取りに行くだけの場所となった。

食卓で話題にしていた「普通に過ごす時間」を、その日のうちに失ったのだ。

二〇一九年十一月二十八日

何でもない一日。居間でくつろぐ二人。

「ねえ、久しぶりに──しない？」

「いや、体調は──良さそうだけど。でも油断してると──」

「いやなの？」

わたしの声に悲しそうな気持ちが込められていたからだろう。貴士さんはふと真剣な顔になった。

「たとえば僕が、美衣以外の女性としたいと思った場合、どうする？」

「どうするも何も──」

「僕たちは新婚四ヵ月だ。普通だったらそんなことは考えない。結婚生活も三年目に入ったとか、それぐらいになって初めて浮気だ何だというような話になる。普通だったらね。……でも僕たちは普通じゃない」

わたしはその後を引き継いだ。

「なぜなら余命が宣告されているから。結婚式の時点で余命半年と言われて──もうそれから四ヵ月も過ぎてしまったから、今はもうあと二ヵ月で死ぬと言われているから。……だったらその二ヵ月間ぐらい我慢できないの？」

「もちろん我慢できるよ。でもそれでいいの？　僕たちの結婚生活は、もっと時間を圧縮して味わうべきなんじゃないかって、最近思うようになってきて。普通の人が結婚生活の中で経験することを、自分も経験しておかなきゃ損だって思ったりしない？」

「妊娠出産とかは思うけど――」

「でもそれは最初に諦めたよね。だからって他のいろんなことも諦めることはないんじゃないか。僕が浮気して、美衣も僕じゃない誰かと浮気する。ダブル不倫だって、お互い承知の上でするぶんには傷つかないし、死ぬ前に一度は経験しておきたいと思ったっておかしくないだろ？」

貴士さんはそれでちゃんと理屈が通っていると思っているらしい。

やはり結婚は束縛を意味するのだろうか。

わたしは彼に残された時間を一緒に過ごすことで、何かを与えられるものだと思っていた。

実際には逆で、わたしは彼から時間を、自由を奪っていたのだ。

そう、結婚を望んだのもわたしだった。わたしが――わたしだけが、相手を独り占めにしたいと思っていた。

残された時間を二人で一緒に過ごすことが、お互いにとって幸せになる最良の選択だと、少なくともわたしは思い込んでいた。

わたしのほうは、彼以外の男性と寝ることに興味などカケラもない。でも貴士さんはわたし以外の女性にも興味があるみたいだ。

そう、彼が心から望むのであれば、自由にしてあげるのもひとつの手だろう。

ただ「浮気」や「不倫」という形をとるのは許せないという想いが、自分の中にはあった。

「だったら――離婚してからにして」

結婚はわたしのワガママだった。それは常に自覚しておかなければ。

「ごめんよ、変なことを言い出して」

すると貴士さんは、優しくわたしの肩を抱いた。

「もう迷わすようなことは言わない。最期のときを迎えるまで、僕たちはずっと一緒だ。後悔なんてしてないし、これからもしない」

近いうちに必ずこの結婚生活は終わりを迎えるとわかっているからこそ、ときにはワガママな一面を見せたりもするけど、やっぱり貴士さんはわたしにとって、自慢の夫だった。

そしてわたしは、世界一恵まれた妻だった。

二〇一九年七月十四日

わたしは貴士さんと並んで、会場より一段高い高砂席《たかさご》に着いていた。彼の両親の希望で、昔ながらの披露宴《ひろうえん》の形を取っている。

わたしもそれでいいと思っていた。わたしたちの場合、変に奇を衒《てら》った形にはしないほうが良い。

一度は諦めた結婚披露宴が、ついに現実のものとなったのだ。夢のような心地だった。

余命とにらめっこをしつつ、何とかプロポーズの四ヵ月後には開催することができた。すべてが急ピッチで動いてくれた結果だが、それでもわたしたちの結婚生活は、あと半年ほどで終わりを迎えることが定められている。

あと半年——砂時計の砂は、確実に落ち続けている。

会場を見渡すと、出席者は若い人が多かった。両家の家族や親族を除くと、貴士さんの学生時代の男友達と、わたしの会社関係の知人がほとんどを占めている。新郎側の友人知人は、ほぼ全員が貴士さんと同じ二十七、八歳だろう。会社の上司や先輩といった人たちはいない。

貴士さんは結婚を決めたあと、勤めていた会社を辞めてしまったのだ。残りわずかな時間を、仕事などに費やすよりも、わたしと二人きりの時間に使いたいと思って、決断したのだと言っていた。半分でもその言葉に彼の本心が含まれていたのだとしたら、わたしにとっては最高のプレゼントだった。

わたしも今回の件を機に、大学を中退することになった。ただしミミファの仕事は自宅で——二人の新居で、今までどおり続けることができるので、それだけは心底有難かった。ミミファの経営は相変わらずの好調で、地方からの需要も厚く、今年に入ってからも新店舗を二つ、福岡と新潟のデパートに出店している。そんな急成長中の株式会社の重役をしているわたしの収入だけで、二人の新生活が充分に成り立つことは、計算するまでもなく明らかだった。

ミミファは四年前、わたしたちが女子高に在籍中に作った会社なので、スタッフはほぼ全員が女性、しかも同じ女子高の同級生だったり後輩だったりする。だから今日の新婦側の出席者にしても、下は高校在籍中の十六歳のモデルから、上はわたしと同じ二十一歳まで、かなり幅の狭い年齢層に集中していた。

新郎側の友人と新婦側の友人。年齢的にもちょうど釣り合いが取れているし、今日の出席者からカップルが誕生してもおかしくはない。そうなってくれたらいいなと思いつつも、でもそうなったら半年後にきっと訪れるであろう悲報に、そのカップルも巻き込んでしまうだろうから、だったら最初からカップルなど成立しないほうがいいか——などと勝手な妄想が広がる。

貴士さんの友人代表が余興を披露し始めた。屈託のない馬鹿騒ぎを見る限りでは、おそらく脳腫瘍のこと——余命宣告のことは知らされていないのだろう。わたしもミミファの仲間たちには基本的に、まだそのことを告げていない。ただし巴《ともえ》と未唯《みい》にだけは伝えていた。それは会社の経営に関することだから。巴は社長だし、未唯は共同デザイナーの分身だし、何よりわたしの親友だから。

ただの結婚だけなら、デザイン画の質と量が落ちることなど許されない。でもその新婚生活が半年で終わりを迎えると決まっていた場合には——彼との生活を最優先にすることも許されてほしい。

「それではここで、新郎新婦はお色直しのため、いったん中座させていただきます」

貴士さんとわたしが立ち上がる。和装はいろいろ問題が多かったので、わたしたちは最初から洋装で、お色直しも洋装から洋装に着替えることになっていた。貴士さんがいま着ているモーニングは、衣装合わせから一ヵ月間で彼が痩せてしまったので、披露宴開催の一時間前に急遽《きゆうきよ》身体に合うものを用意させたのだった。お色直し後の衣装は代用品が無く、お針子《はりこ》さんが一時間あれば衣装を詰めて間に合わせると言っていた。その作業が何とか間に合ったのだろう。

わたしが新婦控室のソファに腰を休めたとき、廊下から女性スタッフの話し声が聞こえてきた。

「知ってる？　今日の新郎さん。中川《なかがわ》さんが衣装を詰めた服の人。あの人、実は余命わずかなんだって」

「はえ？　マジで？」

「そうだって。心臓の病気で、あと一ヵ月とか二ヵ月とか」

「あれー。花嫁さんもそれを承知で？」

「そりゃ承知してるでしょ。私が知ってるくらいだもん」

「そりゃそうか。だけどえらい決断だわなそれって。あたしだったらどうするか」

「あんたはそもそも相手がおりゃせん」

「だな。……あっと、お疲れさまです」

別のスタッフが通りかかったらしく、雑談はそこで終わった。

式場のスタッフの間で噂《うわさ》が広がっている。どちらかの親族が情報を洩らしたのだろう。しかもその情報がいろいろ間違っている。テキトーすぎる。せめて本当の、正しい情報を仕入れた上で、憐《あわ》れむのなら憐れんでほしい。

怒りよりも悲しみのほうがはるかに強かった。

いけないいけない。今日はわたしの——そして貴士さんの晴れ舞台。最後まで笑顔で乗り切らなくちゃ。

スプリングコートの中には厚地のセーターとスキニージーンズ。ファッション的にはピンクのマフラーを追加したいところだったが、先週押入に仕舞ったばかりだったのでそれは諦めた。

外出は約一ヵ月ぶりだった。貴士さんとは電話とメールで連絡を取り合っていたが、彼の言葉には決まって「忙しい」が含まれていた。「今週はちょっと忙しくて」「今までにない忙しさで」「忙しいのは年度末ってだけじゃなくて他にもいろいろあって」——電話はすぐに切られてしまう。そのぶんメールは文字数が多くなったが、わたしが知りたい内容は書かれていなかった。

わたしたちもう終わりなのかな——でも、だとしたらホワイトデーに最後の約束を入れる?

宙吊りな気分のまま、約束の時刻の十五分前には待ち合わせ場所の、ホテルのロビーに着いていた。

ほどよい暖かさの中、ふかふかのソファに身体を預けて人を待てるのはありがたい。知らない間に少しだけうとうとしていたようだった。身体を揺り動かされてハッと目を覚ますと、目の前に貴士さんの顔があった。

「お待たせ。まさかうたた寝してるとは思わなかったけど」

「あーもう。また変なところを見られちゃった」

「直接顔を合わせるのは久しぶりだね。部屋を取ってあるんだ。行こう」

どうやら別れ話ではないらしい。彼の態度といい準備の良さといい、期待しないほうがおかしいだろう。

エレベーターの中でキスをした。部屋に入ってからは自然とベッドに横並びになって座った。

「実は会社を辞めることにしたんだ。でも辞めますって言ってすぐに辞められるわけじゃなくて、引き継ぎっていうのがあって、それでこの一ヵ月間、ずーっと忙しかったんだ。嘘じゃない」

貴士さんの表情はいつになく真剣だった。それもそうだろう。男の人が、本来なら定年まで勤め上げるはずの会社を辞めたのだ。わたしは事の重大さに息が詰まる思いがした。

彼は続いて鞄の中をごそごそと物色《ぶっしょく》し始めた。

「はい。まずはチョコレートのお返し。中は普通のクッキーのはずだけど。いちおうそういう日だから」

ラッピングされた状態で売られていたものをそのまま買ってきました、というのが一目瞭然の、水色の包装に水色のリボンのかかったプレゼントを手渡された。

「で、本当に渡したいのはこっち」

続いて濃紺のベルベットに覆われた小箱を差し出された。わたしはこういう場合、男性が開けてから手渡すものだと思っていたが、貴士さん的には受け取った女性が開けるのが正解だったらしい。

わたしが開けると、中にはダイヤの指輪が収まっていた。

「僕と結婚してください」

貴士さんのその言葉は、わたしの全身を震え上がらせた。

「わたしでよろしければ」

わたしの返答の声は、たぶん性的に濡れていただろう。

「だけど……どうせプロポーズするなら、もっと早く言ってほしかった。だって今から結婚式場を探して予約しても――その間にも、残り時間がどんどん無くなって行ってるし」

わたしの焦りは貴士さんにも伝わったようで、

「うん。……ごめん。ホワイトデーに拘《こだわ》ったのは、たしかに馬鹿だった。時間が勿体《もったい》なかった。明日からは――いや今日からか。今日からはとにかく急ごう。なるべく早く式を挙げよう」

そう言って、部屋を出て行こうとするので、

「今日はここで泊まっていこうよ。だって……一ヵ月ぶりだよ」

わたしは彼のスーツの腕を摑んで、ベッドに押し倒した。

二〇一九年二月十七日

すぐ近くにオレンジモールができたからか、アルイカム五階のフードコートは以前よりだいぶ空いていた。日曜日の昼過ぎ。家族連れの姿は少なく、そのぶん若いカップルが穴場として利用している感じだった。

わたしと貴士さんも、傍目《はため》にはそういうカップルの一組に見えていただろう。ただし仲睦《なかむつ》まじいようには見えていなかったはず。わたしたちは三日前のあの話題を、改めて蒸し返していたのだから。

「やっぱり残り時間が少ないほうが、ワガママを言ってもいいと思うの。わたしは」

三日かけて考えた結果、わたしはやはりその結論に達した。

「僕もこの三日間、自分なりに考えてみたんだけど、やっぱり意見は変わらなかった。後に残される側の人生を考えると、たとえば結婚とかでより深く結びついたらそのぶん、相手を失った悲しみはより深くなる。大きな喪失感を抱えて生きてゆくのはやっぱり大

変だと思うんだ」

「だとしても生き残ったぶんだけマシと思わなきゃ。もう後がない人に全部与えて、与えきったと胸を張って言えるまで尽くすことができたら、喪失感だけじゃなく一種の達成感もあって、それが残りの人生を生きてゆく糧《かて》になるというか――」

「あれ？　タノミーじゃん。すげー久しぶりー。こんにちは初めまして」

マクドのセットを載せたトレイを胸に抱えて現れたのは、二能《にのう》巴だった。ご丁寧《ていねい》にミファのパーカーを羽織っている。貴士が「誰？」と目で聞いてきたので、

「わたしの高校時代の後輩で、二能巴ちゃん。あのミミファの女社長」

「二能でーす」

「こちらはわたしのフィアンセ？　になるかならないかを今決めている、わたしの彼氏の、時原貴士さん」

「時原です。ミミファ？　聞いたことがあるな。何だっけ？」

「えーっと、何か大変なときにお邪魔しちゃった？　どうしよう」

「とりあえず座って」

わたしは自分の隣の椅子に巴を座らせた。偶然を装ってくれているが、場所と時間を伝えて彼女に来てほしいと頼んだのはわたしである。

「えーっと、ミミファは、いま人気急上昇中のガールズブランドです」

貴士さんは巴が説明するより先に、自分のスマホで検索したらしい。

「あーっ、このロゴマークか」

彼が見ているのは、正方形の枠線の中に等間隔に三本線が引かれていて、上下の枠線とあわせて五線譜が出来ている中に、四分音符で高いミ、高いミ、低いファの三音が描かれたマークのはず。

「これですね」

巴が自分の着ているパーカーの胸のロゴを指差すと、貴士さんが「そう、それそれ」と首を縦に振る。

「タノミーは——ごめんなさい。田ノ本美衣を略してタノミー。もう一人、坂本《さかもと》未唯って名前の先輩もいて——タノミーからすると同級生か。そっちはサカミーって呼ばせてもらっているけど。それでタノミー先輩は、彼氏さんには言ってなかったんですか？　自分がミミファの経営陣の一人だってこと。私は社長だけど、サカミーとタノミーもデザイナー兼副社長で、会社の株も二割ずつ持ってるってこと」

「うん。言ってなかった」

「……渋谷の１０９にも、あと原宿にも店を出してるんだ」

「それは一号店と二号店。今は全国に八号店まであります。おっと、じゃあ私はお邪魔虫にはなりませんよっと。二人水入らずでご歓談ください。それではまた」

わたしが前もって頼んでおいたことだけを話すと、すばやく席を立って行ってしまった。

二〇一九年二月十四日

普段は週末だけに限られているが、こういう特別な日には、無理にでも会いたいと駄々をこねて、ようやく実現したデートの日。

平日の夜なので、会えるのは会社を上がったあとの、わずかな時間だけだった。

「いつもお仕事お疲れさま。はい、プレゼント」

病み上がりの身体で無理して会ってもらって、本当に感謝している。まずは手作りのチョコを手渡すと、

「ああ、うん。ありがとう」

「どうしたの？　嬉しくない？」

「いや、嬉しいんだけどさ。でも……これって、やっぱり言うべきかな？」

「何？」

せっかくのバレンタインデーなのに――何か雲行きが怪しくなってきた。

「僕たち――別れるべきなんじゃないかな」

えっ！　という叫び声は何とか抑えた上で、

「何で？　どうして？」

聞き返しながら何となく悟っていた。このタイミングでこういう話を切り出すのは、やはり余命宣告の一件が絡んでいるのだろう。

「あれから僕なりにいろいろ考えてみたんだ。残りの一年をどうやって過ごすべきなのか。愛する人と一緒に過ごすのが一番だって、普通は思うかもしれないけど、でもそれって、余命わずかと言われた側のワガママでしかないじゃん。その願いに応えた相手はじゃあどうなるのかって考えたら、一年間尽くすだけ尽くして、でも愛情を注いだ相手は一年後には亡くなって、自分一人だけが残される。そのときの喪失感の大きさは、胸に空いた穴の大きさであって、一定サイズ以上の大きな穴が空いたら致命傷にだってなりかねない。でも今すぐに別れたら、別れて一年後に昔付き合っていた相手が亡くなったと聞かされたとき、可哀想だなとは思うものの、胸に空いた穴は小さくて済む。それが後に残された側にとっては最善の結果に繋がるのかなって」

「でもそのために、余命わずかの人のほうが我慢をするっていうのは――」

「美徳を求めすぎかな？　うーん、そうかもね。恰好《かっこう》つけすぎ――やせ我慢――いろんな言い方があるけど、そういうのって日本人らしいじゃん。でもまだ悩んではいるんだ。もうちょっと考えてみるよ。ただ僕がいま、そんなことを考えているんだってことだけは、美衣に伝えておきたくって」

まだカップにたくさん残っているカフェラテには口をつけず、貴士さんは忙《せわ》しない動きで店を後にした。

わたしは自分のブレンドコーヒーを飲み終わるまで、席を立たなかった。

二〇一九年一月二十一日

土曜の夜、ラブホテルで貴士さんが昏倒《こんとう》してから、すべてが目まぐるしく推移していた。

深夜零《れい》時過ぎから緊急手術が行われ、四時間以上に及んだ手術の間、外の廊下で彼の両親と初対面の挨拶を交したりもした。怒鳴りつけられるかと思ったが、むしろ謝られた。

わたしが大学の研修で習った応急処置が、どうやら役に立ったらしい。ラブホテルのロビーにＡＥＤがあって、従業員が気を利かせて持ってきてくれたのだ。救急車も電話してから三分ほどで到着した。わたしは全裸にガウンを羽織っただけの恰好で救急車に同乗した。

日曜日の未明に手術は無事終わったが、貴士さんは一日中ずっと寝ていた。わたしはいったん家に戻って服を着替えてから再び病院に戻った。彼のご両親はわたしの付き添いが無くても大丈夫だと、やんわりと断りを入れてきたが、わたしは貴士さんが本当に無事かどうか信じられなかったし、命に別状がないというのが本当だとしても、彼が目を覚ます瞬間にはその場にいたかったので、もう一晩付き添いをさせてほしいと無理を言った。

自分では気づいていなかったが、土曜日の朝に目を覚ましてから日曜の深夜まで、四十時間ほどの間、一睡もしていなかった。食事も最後に摂ってから丸一日以上抜かしていた。

トイレの個室で便座に腰を下ろした瞬間、記憶が途切れ、次に目を覚ましたときには月曜日の午後で、わたしは入院患者用の服を着てベッドで寝ていた。

目を覚ましたわたしに、母と妹が代わる代わる声を掛けてきた。

「大丈夫？　痛いところはない？」

「お姉ちゃん、私のことわかる？　お母さんのことわかる？　今日が何月何日かわかる？」

「うん、大丈夫。ちょっといろいろあって、疲れがピークに達してたんだと思う。トイレで座った途端、気を失ったみたいに寝ちゃったみたい。あなたは田ノ本萌絵《もえ》。今日は一月二十日――じゃなくて二十一日か。半日ぐらい寝てたのかな？」

ベッドサイドのワゴンの時計が二時台を指していた。窓の外が明るいので昼の二時だろう。まさか数日後とかじゃないよねと思って確認すると、

「ああよかった。お姉ちゃん、どこも悪くなさそう。本当に疲れが溜まって寝ちゃっただけなのね?」

「だと思う」

するとと母もホッとした表情で、

「もー、心配したんだから。脳神経外科って聞いてビックリしちゃった」

「え? 心臓外科じゃないの?」

そんなことを話している間に、わたしが意識を取り戻したという情報が医局に伝わったのだろう。酒匂先生がそこで病室に姿を見せたのだった。

「こんにちは。田ノ本美衣さん。脳神経外科医の酒匂と申します。あなたが眠っている間に、勝手ながら私たちで脳の検査をさせていただきました。お母さん、妹さん――ご家族はお二人で全員ですか?」

「はい。夫はすでに亡くなっていて、家族は私と娘二人だけです。あ、あと夫の母親とその親族が――美衣たちからすると祖母や伯父さんや従兄弟《いとこ》にあたる人たちですが――遠くに住んでいます」

「親族まではいいでしょう。ご家族がお揃いということで、今この場でお伝えしますが

――その前に美衣さん、痛みや手足のしびれや記憶障害など、何かおかしいなと思うことはありませんか？」

「いえ、先ほど母や妹からもいろいろ質問をされましたが、特に何も――」

「そうですか。まあ今のところは大丈夫だろうとは思っていましたが。ですが美衣さん。あなたは脳の中にちょっと厄介なものを抱えています」

「やっ――」

母が何かを言いかけて口を噤《つぐ》んだ。

「ＭＲＩ検査というもので発見されました。あなたの脳には、鶏《にわとり》の卵ぐらいの大きさの腫瘍があります。悪性の腫瘍です。悪性なのでどんどん大きくなっていきます。しかも位置的に、手術で取り除くことができません。根治ができず、ただ進行を遅らすことしかできません」

「手術ができない？　治せない？　だとすると？」

母も妹も揃って何も言葉を発しないので、わたし自身が質問をするしかなかった。

酒匂先生は深刻な表情でひとつ頷くと、

「視神経交差の近くにあるので、発作の兆候として、眼球からの情報が一時的に遮断され、目の前が真っ暗になったり、ごく稀《まれ》にですが、遮断される前に届いた情報が視覚野に残り続けて、パソコンの動画がフリーズしたときのように見えたりすることもあるようです。できる限りの治療は行わせていただきますが、それでもあと一年、生きられるかどうかという、とても厳しい状況です」

貴士さんの救急搬送と手術から一昼夜半が経過し、彼はすでに死の危機から脱したが、今度はわたしが、余命一年という宣告を受けることになったのだった。

ふたたび二〇二〇年七月四日

病院の屋上を囲む鉄柵の手すりから、わたしは大空に向かって飛び立った。

現在から過去に記憶を遡《さかのぼ》るように、貴士さんとの結婚生活が、プロポーズの場面が、そして余命宣告を受けたあの日の情景が、わたしの中を駆け抜けた。

長い時間が経過したようにも思えたが、実際にはほんの一瞬だった。それでも十二階の高さから見ていたときとは違って、地上ははるか遠くに小さくなり――やがて白く霞《かす》んで消え去った。

わたしがいるのははるか上空、ではなく、宇宙でもなく、別の世界だった。数学的にはありえないことだが、地上の風景は地球の裏側まですべて均等に下方に見えていた。

わたしと同じ地平には、地上の肉体から解放された魂《たましい》が、無数に存在していた。わかりやすいように、すべての人が生前の最後の外見を保っている。どの時代のどの国の人かがおおよそ判断できる。人数に直すと何十億人という人の魂が存在していて、そのどれもが均等に、詳細に見て取れる。

見知った人を自然と探していたのだろう。すべての魂と等距離でありながらも、酒匂先生の魂がいちばん近くに感じられた。

「なるほど。今日が亡くなられて四十九日後ということですか」

「はい。現世への執着、煩悩《ぼんのう》から解き放たれました」

「でも私の余命宣告より、四ヵ月ほど長生きされた」

「死んだら最終的にこうなるんですね」

「私も知らなかった。それにしても、私の方が先にここに来るなんてね」

「夫はどうですか？　いつここに来るかわかります？」

「どれどれ。時原貴士さんでしたね。おや、いまは法要中ですか」

わたしも酒匂先生の真似をして地上を見下ろした。どこでも同時に見ることができる。貴士さんの姿はすぐに見つかった。先生の言うように四十九日の法要の真っ最中だった。お経を唱えつつ、ときおりわたしの妹とアイコンタクトを取っている。見る人が見れば、二人の怪しい関係はバレバレだった。左の手首には金色の腕時計が光っていた。ロレックスなど山ほど買ってもびくともしないほどの遺産を、彼はわたしから受け取っているはずだ。

「私が最初にお見かけしたときは、体重が百キロを超えていましたよね？」

「百十二キロでした」

「それが今では七十キロ前後とお見受けします」

「心筋梗塞で死にかけたのがよっぽど怖かったんでしょうね。あれからずっとダイエットを続けてきて、一年半で四十キロ近く落としました」

「うーん。前の体重のままだったら、六十歳まで生きられない可能性がけっこうありましたが、今では痩せてより健康になりましたからねえ。八十代後半まで生きられそうですねえ」

「だとすると夫の余命は――」

「あと六十年ほどですか。それを待ちます？」

「いいえ、貴士さんに対する執着が、つい先ほどまではものすごくあったんですが、ここに来てみたらそんなのどうでもよくなってしまいました」

するとと酒匂先生は、それは良かったと言って、カッカッカと豪快に笑った。

崖の下

米澤穂信

群馬県杉平町杉平警察署に遭難の一報が入ったのは、二月四日土曜日の午後十時三十分のことだった。通報者は鏃岳《やじりたけ》スキー場でロッジ「やじり荘」を経営する芥見正司《あくたみしょうじ》で、一一〇番ではなく杉平警察署に直接電話をかけ、夕食までに戻るはずの客が戻らないと訴えた。十時五十六分にロッジに警官が到着し、事情聴取をしたところ、埼玉県上荘市から来た五人連れの客のうち、四人が戻っていないことが確かめられた。

ただひとり戻っていた浜津《はまづ》京歌《きょうか》(三十四歳)は、午後三時ごろに仲間と別れ、四時ごろロッジにチェックインしたと話した。浜津は一人で仲間の帰りを待っていたが、誰も戻らず、携帯電話でも連絡がつかず、次第に不安を募らせて午後八時ごろ芥見に相談をした。スキー場の夜間営業が終了した九時半になっても四人とは連絡がつかず、スキー場のパトロールにもそれらしき四人連れは保護されていないとわかったので、芥見は警察に通報することを浜津に勧めたが、浜津はもう少し様子を見たいと言ってそれを拒んだ。一時間後の十時半になっても浜津は通報をためらっていたので、これ以上は待てないと判断した芥見が杉平警察署に電話をかけたというのが、事の経緯であった。警官の質問は、おのずから浜津に集中した。

浜津たち五人は三十代で、中学時代からの友人だという。午前十一時ごろ鎌岳スキー場に到着すると「やじり荘」に荷物を預け、スノーボードに興じた。五人全員がスノーボード経験者だがその技量には差があり、三人はウインタースポーツに慣れている一方で一人はそれほど熟達しておらず、浜津に至っては二度ほど滑ったことがあるだけの初心者だという。彼らは午後三時ごろ、山頂近くまで登る第六リフトに乗った。リフトを降りた後、五人のうちの一人が、バックカントリースノーボードを試してみようと提案した――コース外の、自然の中を滑ろうというのである。彼らはあくまでゲレンデを滑るつもりだったのでバックカントリーの道具は持っておらず、何人かは反対したというが、結局は押し切られてコースを外れることになった。初心者の浜津はこのとき仲間と別れ、一人で再度リフトに乗って下山した。

当日、気象の状態はやや不良という程度だったが、夕方の短時間だけ風雪が強まっていた。麓《ふもと》ではさほど問題にならない風雪でも、頂上付近では危険をもたらしたおそれがある。警官たちは事情を総合して、四人は不充分な装備で山林に踏み込み、身動きが取れなくなったと判断した。

翌朝の日の出を待って、警察と消防、地元の消防団や有志、それにスキー場のパトロールから成る捜索隊が出発した。鉢岳近辺は雪質や地形からバックカントリースノーボード、バックカントリースキーに向いていると言われ、毎年多くの愛好家が雪山に踏み込むが、その中には不運な者や準備の足りない者もおり、遭難の発生はここ十年で数えても四度目であった。捜索の経験者も多く、計画の立案から役割分担、捜索開始まで、対応はきわめて迅速だった。

捜索開始から二時間ほどが経過した午前八時五十七分、遭難者のうち二人、後東陵汰《ごとうりょうた》と水野正《みずのただし》が、スキー場のコースから約二キロ離れた崖の下で発見された。突発的な雪に方向を見失い、崖から転落したものらしい。水野はただちに担架で山麓まで運ばれ、応急処置ののち救急搬送されたが、後東はその場に残された。

後東は他殺体で発見されたからである。

杉平町は県の北西、山間部に位置している。前橋市の県警本部から出動した捜査第一課刑事らが現場の捜索本部に到着するまでには一時間半を要し、刑事たちが雪山装備を整え、案内人に従って現場に辿り着いたのは正午過ぎのことだった。

現場は崖の下である。先に到着していた機動鑑識と検視官は、既にひととおりの仕事を終えた様子だ。班長の葛《かつら》が深い雪に足を取られながら、後東に近づいていく。

後東は、ほぼ垂直にそそり立つ崖の斜面に背を預け、目を見開いて死んでいた。首の左側から大量の出血があり、雪と、後東の左半身を赤く染めている。無精髭が伸びているのは、遭難によって髭が剃れなかったためだろう。三十四歳という年齢にしては、まるで学生のように若く見える。

スノーボードを装着した足は、体の右側に不自然に捻じれている。着ているものはカーキ色のスノーボードウェアだが、ジッパーは下ろされ、肌着もまくり上げられて、腹部が露出していた。周囲にはネックウォーマーとニット帽、ゴーグル、手袋が脱ぎ捨てられ、それぞれの近くに鑑識の番号札が置かれている。葛は遭難者を見たことはなかったが、低体温症に陥った人間が錯乱し脱衣に至ることがあるというのは、知識として知っていた。首をめぐらせ顔なじみの主藤《すどう》検視官を見つけ、目を合わせると、主藤の方から葛に近づいてくる。階級では上に当たる主藤に目礼だけをして、葛は出し抜けに聞いた。

「ここらあたりの気温でも、自分で脱いだりするもんですか」

主藤は首を横に振り、

「わからん」

と認めた。

「人と場合によるとしか言いようがない。たとえば、肌着が濡れていれば体温が下がるのも早く、低体温で錯乱を起こすというのも充分にあり得る」

考え込む葛に、主藤が言う。

「所見を話してもいいか」

「……お願いします」

「全身をひどく打っていて、骨も何か所か折れていそうだ。だが死因は、頸動脈《けいどうみゃく》を刺されたことによる失血だな。死後十時間から十四時間といったところだろう。刺創は首の一か所しか見えない」

鑑識課員が動きまわるさまを見ながら、葛が訊く。

「凶器はわかりますか」

「先の尖《とが》ったものだ。それ以上は、わからん」

葛は無言で頷いた。話は終わったというように、主藤は死体の傍らに屈みこむ。

犯人はまず間違いなく、と、葛は考える。水野正だ。十時間から十四時間前と言えば、二十二時から二時である。その時間帯この山中に第三者がいたとは考えにくく、ずっと被害者の隣にいた水野が犯人だと断じていい。だが葛は、その考えをまだ口にはしなかった。

葛はスマートフォンを取り出した。電波が届いていない。谷間という地形的に電波が届きにくいのか、単にふだん人が立ち入らない場所だから基地局がないのかはわからない。いずれにしても、後東も水野も電話で助けを呼ぶことは出来なかったようだ。

崖を見上げていく。斜面はあまりに急で、雪もほぼ付着していない。はるか頭上には雪庇《せっぴ》が張り出しているのが見え、凶悪な氷柱《つらら》が垂れ下がっているのも見えた。葛は手近な部下を呼び、頭上を指さす。

「上まで、八メートルはあるな」

部下は崖の上から下まで慎重に目を走らせ、答える。

「はい」

「案内人に、崖の上に出られるか訊け。行けるなら案内を頼んで、上を見てこい。鑑識もまわしてもらえ」

「わかりました」

部下は厳しい表情で踵《きびす》を返す。葛の部下たちは、葛を好いてはいない。葛が率いる現場はいつも息詰まり、冗談一つ出ることがない。

葛は次に鑑識班長の桜井《さくらい》を見つけ、呼んだ。桜井は手を振って応え、葛に近づきながら言う。

「足跡は、駄目だな。捜索隊と救急が踏み荒らした。足跡がもともとなかったのか、それとも踏み消されたのかも判断できん」

「やむを得んな」

もし、この崖下から立ち去る足跡が見つかれば、事件の様相は一変する。ただ人命救助が最優先される状況で足跡が無事に残っているとは、葛も考えていなかった。

「遺留品はどうだ」

「被害者が身に着けているものを別にすれば、そこのニット帽と手袋、ネックウォーマーとゴーグル、いまのところそれだけだ」

「ストックは？」

桜井は少し間を置き、

「いや、なかった」

と答えた。スノーボードでストックは使わないことが多いが、バックカントリーならば使うことの方が多い。とはいえ、被害者たちがストックを持たずにコース外に出たのだとしても、別段不思議なことではなかった。

葛は改めて、現場を見まわした。八メートルはある崖の下では、斜面に体を預けて男が死んでいる。大量の血を含んだ雪が幾多の足跡に荒らされているが、その外側には新雪が積もっている。遠くから水音が聞こえるので、ここは川に削られた谷なのだとわかる。木々が少ないのは、季節によっては増水するからなのだろう。

水野正が犯人だと断定できない理由が、二つある。

一つは、残る二人の遭難者がいまだに行方不明だということ。崖から転落したのは被害者と水野の二人だけではなく、ほかの遭難者もいっしょに落ちた可能性がなくはない。だとしたらその三人目、あるいは四人目が被害者を殺し、水野を放置して現場を立ち去ったおそれがある。だが葛は、その可能性はすぐに検証可能だと考えているし、それが事実であるとはほとんど考えていない。

もう一つの問題が、より大きい。葛は呟いた。

「凶器がない」

桜井が黙って頷く。

後東陵汰の首を刺し、動脈を傷つけて死に至らしめた、「先の尖った」凶器がない。救急搬送された水野正が身に着けていたのだとしたら、水野に付けた刑事がとうに連絡を寄越しているはずだ。無線機がいまだに沈黙しているからには、水野は凶器を携帯していなかったと考えていい。

動機など後で調べられる。凶器さえ見つかれば、この事件は終わりだ。――つまり、凶器が見つからなければ事件は終わらない。水野正の自供が取れればそれでいいが、いま水野は取調べができる状態ではない。数日後に事情聴取をして、否認されたら目も当てられない。

「ひととおり見たら、雪かきだな。凶器が雪に埋まってないか……こりゃ骨だ」

ぼやく桜井をよそに葛は、司法解剖を要請しなければならないだろう、と考えていた。

午後四時をまわった。杉平署の会議室で捜査会議が開かれ、情報が集約されていく。

殺害された後東陵汰は、埼玉県上荘市で酒販店を営む実家で働いていた。既婚で、子供が三人いる。暴行の前科があり、これは酒に酔って喧嘩をした時のものだ。友人四人とともに上荘市を出発したのが午前八時半、鉄道を乗り継いで杉平町に入り、事前に予約しておいたレンタカーで鏃岳スキー場に到着したのが午前十一時ごろだ。遺体は複数個所に打撲などの痕跡があり、詳しくは司法解剖を待つことになるが、両足を骨折している。

水野正は、深谷市の建設会社で資材管理の部署に就いている。出身は上荘市で、いまでも上荘市の実家から車で通勤している。結婚はしていない。駅からスキー場までレンタカーを運転したのが水野だ。

ひとりだけロッジに戻っていた浜津京歌は、上荘市の保育園の非正規職員で、独身だ。浜津自身の供述によれば、ほかの四人はふだんから交流があったようだが浜津は異なり、グループに加わったのは今回が初めてだという。

行方不明の二人は、男女が一人ずつだ。

下岡健介《しもおかけんすけ》は三十四歳で、結婚しているが子供はおらず、定職に就いていない。五人の中ではもっともスノーボードの経験が豊富だった。コース外に出ようと言い出したのは後東陵汰で、それに反対したのが下岡だった、と浜津が証言した。しかし後東に怖いのかと挑発され、比較的あっさりと反対を取り下げたという。

もう一人の行方不明者は額田《ぬかた》姫子《ひめこ》、三十四歳。上荘市内のパチンコ店に勤めている。中学生のころは後東、水野、下岡の三人と行動を共にすることが多かったが成人してからはその機会も減っており、今回スノーボードに誘われて断り切れなかったものの、女性一人になることを避けるために浜津を誘ったらしい。

以上の情報はすべて浜津京歌が話したことであり、裏付けのために上荘市に刑事が派遣されている。

次に、病院に搬送された水野に付き添った刑事が立ち上がり、報告する。

「水野正は重傷です。医師によれば肋骨《ろっこつ》と左手首、右の前腕、左右の脛《すね》を骨折し、全身に打撲が見られるとのことです。救出時には意識がありましたが搬送中に失神、十五時五十分現在、意識を取り戻していません。CTの結果脳内出血は見られず、手術も問題なく完了していて、合併症が起きなければ快方に向かう見込みだそうです」

捜査資料には負傷部の図解も添付されている。骨折部は右第6・7肋骨、右橈骨《とうこつ》、左舟状骨《しゅうじょうこつ》、左右腓骨《ひこつ》と書かれている。骨折個所が全身に散らばっているのは、転落時、崖の斜面に体を打ち付けながら落ちていったためだろうという医師の推測が附記されていた。

「病院到着時の水野の所持品は、以下の通りです。まず、オリーブ色のスノーボードウエア、上下。赤いニット帽。マフ部分が白、ブリッジが黒のイヤーマフ。白のゴーグル。スキー場の一日利用券が入ったアームバンド。黒のネックウォーマー。カーマインのブーツ。黒のソックス。黒のビンディング。蛍光グリーンに柄入りのスノーボード。スマートフォン。焦茶色の二つ折り財布、これは別表に中身を記載しました。以上です」

ビンディングとは、スノーボードにブーツを固定するための器具である。財布の中身は現金一万六千二十六円、普通自動車運転免許証、社員証、臓器提供意思表示カード、Ｓｕｉｃａのほか、深谷市や上荘市の店舗のポイントカードが数枚見られた。

葛が訊く。

「水野は現場から搬送される途中で、持ち物を捨てられる状態にあったか」

「いえ」

質問を予想していたのか、刑事はすぐに答えた。

「水野は両手を骨折していましたし、搬送の際には毛布で厳重にくるまれて担架に乗せられています。捜索隊が撮った搬送中の写真を見ましたが、手を毛布の外に出せる状態ではありませんでした。写真は後程共有します」

「よし。それと、水野は両手を骨折していたというが、犯行は可能だったのか」

「おそらく……」

と言いかけたが、刑事は言葉を切って言い直した。

「わかりません。医師に確認を取ります」

葛は黙って頷いた。葛が求めているのは、刑事の「おそらく」ではない。

報告を終えた刑事が座り、次が立つ。

「捜索隊に被害者と水野を発見した状況を訊いたところ、現場周辺に第三者の足跡は残っていなかったと証言しています。雪はおよそ五十センチ程度積もっていて、三人一組で行動していた地元の消防団員が発見しました。木の間から水野のニット帽の赤色を見つけ、近づいたところ二人を発見したとのことです。救急の到着に先立ち、搬送路にあたるルートの雪かきをしたそうです。また、救助の際に拾ったもの、持ち帰ったものがないかについても全員に確認しましたが、一切ないという返答を得ています。以上です」

「現地で雪が止んだのは何時だ」

別の刑事が答える。

「杉平町の観測所では、午後四時以降降雪は観測されていません。スキー場の職員も同じ認識でした。気象庁に確認しましたが、昨夜の杉平町周辺は雲が厚かったものの雪は降っておらず、山中だけ降ったという可能性もないそうです」

後東陵汰の死亡推定時刻は、深夜だ。何者かが後東を殺害した後で現場を立ち去り、その後で雪が降って足跡を隠した可能性はない。

「わかった。次」

顔を雪焼けさせた刑事が手を挙げ、報告を始める。葛に命じられ、崖の上を調べに行った刑事だ。

「現場の崖下から崖上に上るには、いったん沢を下ってから山を登っていく必要があります。案内人は、雪だまりが多く地形も急峻で、装備なしで移動するのは現実的ではないと言っていました。捜索本部に雪上車とスノーモービルを出してもらって移動したところ、周辺を捜索中の捜索隊が、崖へと続くシュプールを発見していました。シュプールは二本で、降雪によって薄くなってはいるものの、判別可能な状態です。写真は共有します。鑑識が周辺を調べていますが、いまのところ、遺留品は特に見つかっていないと報告を受けています。以上です」

シュプールは、スキーやソリ、スノーボードなどが雪上を滑った後に残す痕跡のことだ。崖下に転落したのは後東と水野の二人で、二人はスノーボードで滑降していたのだから、シュプールが二本というのは妥当である。

別の刑事が手を挙げる。

「後東陵汰の遺体は前橋に運ばれました。遺族の了解も取れましたので、桐野《きりの》先生が司法解剖を始めています。以上です」

前橋大医学部の桐野教授には葛自身が電話をかけ、凶器が不明であること、傷口の形状に特に注意してほしいことを伝えてある。桐野教授は解剖の完了を待つことなく、傷口の所見がまとまった段階で電話をかけてくるだろう。いまのところ、凶器に関する捜査は桐野教授からの連絡を待つしかない。葛が次の報告を促す。

「昨夜からの泊り客を中心に聞き込みを進めていますが、被害者たちのグループと接触した人物はいまのところ浮上しておらず……」

その言葉の途中で会議室のドアが静かに開き、所轄の刑事が忍び足で入ってくる。報告していた刑事が言葉を切ると、葛は闖入者《ちんにゅうしゃ》に低い声で言った。

「何だ」

所轄の刑事はまだ新人といった顔つきで、気圧《けお》された様子ながら、明瞭に報告する。

「額田姫子が発見されました。生きています」

会議室がわずかにどよめいた。葛が問う。

「そうか。容体は」

「少し混乱していますが、怪我もなく無事だそうです。いまは捜索本部で食事をしています」

「よし。会議の後で人をやる。お前は戻って、足止めをしてくれ」

「はい」

入ってきたときの忍び足とは対照的に、刑事は小走りに会議室を出ていく。葛は会議室を見渡し、

「続けろ」

と言った。

捜査会議の最後、葛は望みの薄い捜査から人を引き上げ、人が足りない捜査へと振り分けた。班内随一の聴取名人である佐藤《さとう》は上荘市に派遣しているので、額田姫子への聴取には二番手の村田《むらた》を充てる。そして、葛自身も村田に同行した。

捜索本部は、スキー場の事務所に置かれている。本部と言っても、消防の責任者が常駐し無線機が置かれているだけの、即席のものである。額田姫子は部屋の隅でパイプ椅子に座り、毛布を肩にかけて白湯《さゆ》を飲んでいた。事務所は広く、会話の内容が余人に聞こえるおそれはなさそうだ。

関係者の写真はまだ揃っていなかったので、スキー場にいる刑事の誰も、額田の容姿は把握していなかった。額田はうつむき、肩を落として震えていて、ひどく老けて見える。しかしそれは遭難から救助された直後という特殊な状況に置かれているからで、ふだんは華があるように見えるだろう。座っているので参考程度にしかわからないが、身長一五〇センチ程度だろう、と葛は見て取った。

村田と葛が近づくのに気づいたのか、額田が顔を上げて弱々しい目を向ける。問われる前に村田が名乗った。

「群馬県警の村田と葛です。額田姫子さんですね。ご無事で何よりです」

「警察の人……」

額田が不安げに呟く。葛たちが聞きなれたトーンだ——話しかけてきた人物が警察官だとわかったとき、人はふつう、不安げな声を出す。

「あの……あたし、何か……？」

その言葉を聞き、村田がちらりと葛を見る。葛はその視線に、額田は後東が殺害されたことを知らないようだが伝えてもいいか、という問いかけを見て取る。葛が頷くと、村田は手帳とペンを手に取りつつ、沈痛な声を作った。

「いえ、額田さんのことではなくて。実は、後東陵汰さんが殺されました」

「えっ」

額田は絶句した。

「殺された……誰に？」

「わかりません。それで少し、お話をお聞かせいただきたい」

村田が質問を始めようとしたところで、葛が村田の肩に手を置き、言った。

「後東さんの近くには、水野さんがいました」

額田の反応ははっきりしたものだった。目を見開き、息を吸い込んで、

「ばれたんだ！」

と言ったのだ。

村田は、額田の反応は織り込み済みであったとでもいうように、一切動じなかった。

「ばれた、というのは、何がですか。お聞かせください」

額田はてきめんに慌て、手を振った。

「いえ。なんでもないんです」

「額田さん、殺人事件なんですよ。そういうのは困ります。後束は水野に、何か隠していたんですね。それは何です」

「でも、勘違いかもしれないし」

「確認は我々で取ります。それが仕事ですから」

「でも……」

村田は穏やかに、かつ断固として話していくが、額田はなおも逡巡し続ける。後ろで見ていた葛は、時間を与えれば額田は嘘をつくだろうと見て取った。嘘にふりまわされている暇はない。村田に代わって、言う。

「額田さん。言いたくないなら、無理にとは言いません」

額田は露骨にほっとした顔をしたが、葛は言葉を継ぐ。

「上荘市にも警察が行っていますから、額田姫子さんが『ばれた』と言ったのはどういう意味か、上荘市のご友人によく伺うことにします」

「えっ、ちょっと……」

額田の顔色が変わった。

同時に、村田も不味《まず》いものを口に入れたような顔をした。村田には村田の話の組み立て方、聞き出し方があるのに、上司である葛がついてきて、ヒラの刑事である村田には許されないような際どい訊き方で話を引き出してしまう。班内では二番手という村田の自負を気にもかけないやり方だ。それで捜査が進展するのだから文句のつけようもないが、葛が部下に好かれない理由の一つがここにあった。

「そこであたしの名前を出すの？」

消えそうな声で呟く額田に、葛が言う。

「そういうことになります。後東さんのご自宅や額田さんの職場で、心当たりをお尋ねすることになるでしょう」

額田が動揺している。葛への反感はあるが、それで仕事の機を逸する村田ではなかった。即座に言葉を引き取る。

「もちろん、ここで話していただけるなら、その方が早いのですが。どうでしょう、額田さん……後東は何を隠していたんですか」

小柄な体をいっそう縮こまらせ、額田は白湯の入ったコップの中身を見つめる。葛はもう何も言わなかった――額田が抵抗をやめたことは明白で、あとは待つだけだとわかっていたからだ。そして、待つ時間は十秒にも満たなかった。額田は溜め息をついて話し始めた。

「じゃあ言いますけど、あたしが言ったんだってことは秘密にしてください」

「わかりました」

「水野くんのお母さんが亡くなってることは、警察の皆さんはもうわかっていると思いますけど。あの事故、本当は後東くんのせいなんです」

事件関係者に配偶者や子供がいるかは真っ先に調べられるが、両親が健在かどうかは、理由がない限りすぐには調べない。水野の母親が死亡していることは初めて聞く情報だったが、葛も村田も、とうに知っていたという顔で話を聞く。

「後東くん、もともとえぐい性格してるんだけど、ハンドル握るとひどくて。……ほかの車に嫌がらせするんです。あたしそれが嫌で、やめた方がいいよって何度も言ったんだけど、結局変わらなくて。水野くんのお母さんって反対車線に飛び出してミキサー車にぶつかったっていうことになってますけど、あれ、前を走ってた後東くんがブレーキ踏んだからなんです」

村田がペンを走らせていく。

「あの事故のせいで水野くん、すっごく苦労して……。センターライン越えたのは水野くんのお母さんの方だったから、賠償とかもあったみたいで。なのに後東くんは何にも言わないで、水野くんが愚痴ってたりすると話を聞くふりして、後で笑ったりしてたんです。もしそれがばれたら……水野くん、きれると怖いところあったし、あたしずっと怖かったんです」

村田が訊く。

「今回のスノーボード旅行に来るまで、水野さんが事故の原因に気づいた様子はなかったんですか。それ以外にも、いつもと様子が違うところはありませんでしたか」

額田は少し黙り込み、首を横に振った。

「なかったと思います。後東くんが水野くんを引っ張り出して、水野くんが本当は嫌なのに愛想笑いして付き合うってのがいつものパターンで、今回もそうでした。水野くんが本当は事故のこと知っていて、それを隠してたっていうのは……」

しばし、言葉が途切れる。額田は俯《うつむ》いて、繰り返し呟いた。

「わかんないですけど。わかんないですけど」

「……では、こちらでも調べてみます。ところで、昨日のことをお尋ねしますが」

村田が話の向きを転じる。

「スキー場のコースを外れて森の中を滑ろうと提案したのは、誰でしたか」

「それは」

自問にとらわれかけていたのか、額田は意表を突かれたような顔をした。

「えっと、それは、スキー場の人にお話ししました」

「もういちど話してください」

「はあ……。いいですけど。コース外に行こうと言い出したのは、後東くんです」

「それに対して、ほかの人の反応はどうでしたか」

「下岡くんは、装備がないからやめた方がいいと言いました。浜津さんは、もともと初心者だからコース外なんてとんでもないし、一人で滑り降りることも出来ないって言っていました」

「水野さんと、あなたはどうしました」

額田は力なく笑った。

「あたしは……後東くんが言い出したら聞かないのはわかってましたから、ちょっと行ってコースに戻れば満足するんだろうし、それでいいって思っていました。水野くんも危ないからやめた方がいいって言ってたけど、半分諦め入ってた感じで。下岡くんも結局押し切られました」

額田の供述は、浜津のそれと一致する。

「それから、どうなりました」

「滑りだしてすぐぐらいに下岡くんが転んで、足を痛めたんです。みんなの中ではいちばん上手いはずなんだけど、バックカントリーは初めてで勝手が違ったって。まだ少し森の中を下っただけで、上の方にはコースも見えていたんですけど、みんなスノボだから登るのは面倒で、何とか滑ろうってことになりました。ちょっと様子見て、下岡くんも行けそうだって言ったからみんなで滑り出したんですが、雪が強くなってきて……前を滑ってた後東くんと水野くんを見失いました。下岡くんはやっぱりだめで、助けを呼んでくれって言われたんだけど携帯の電波が入らなくて、仕方ないから一人で滑っていったんですけど、もうどっちが麓かもわからなくて。このままだと死んじゃうって思ったから、スノボをスコップ代わりにして雪を掘って、その中で一晩過ごしてました」

「雪を掘ったんですか。よく思いつきましたね」

額田は手の中のコップを見つめ、小声で、

「漫画で見たことあったから……」

と言った。

額田は下岡の安否を心配していたが、それについて葛たちが言えることは何もなかった。

「水野の母親の事故の件、埼玉県警に照会します」

捜索本部を出ると、村田がそう言った。

「任せる」

「班長。あの話が事実だとしたら、額田はどうして、後東が事故に絡んでいることを知っているんでしょう」

葛は短く答えた。

「後東の車に同乗していたんだろう」

「……ああ」

村田は苦い顔をした。

「陰で水野を笑っていたのは、後東だけじゃなかったわけですね」

「いずれにせよ事故は埼玉の話だ、俺たちが出る幕じゃない。佐藤に額田の話を伝えておけ。俺は会議室に戻る」

「了解しました」

配属二年目の部下が運転する車に乗り込み、杉平署に行けと命じる。山あいでは日没が早く、既にあたりは夜だった。ヘッドライトの光の中で、細かな雪がきらめいている。予報によれば、今夜、天候は下り坂に向かう。つづら折りの道を市街地へと下りながら、葛はほんの一瞬、事件以外のことを考えた。下岡のことを考えたのである。後東と水野が崖から転落した際のシュプールは残っていたのだから、額田のシュプールだけが消えたというのは考えにくく、額田の発見地点からシュプールを辿っていけば下岡は簡単に見つかるはずだ。だが実際は、一時間を経ても下岡は見つかっていない。何かの理由でシュプールが消えたか、下岡がむやみに動きまわったか……。日が沈んでは捜索隊も身動きできず、捜索は間もなく打ち切られる。それまでに見つからなければ、生存はまず見込めない。

誰かが殺されれば、葛は仕事として容疑者を捕らえる。しかしそもそも、誰一人理不尽に生を絶たれるべきではない。そう思うのなら、本当は、俺は医者か消防士になるべきじゃなかったのか。だが生き方を変えるには、葛は警察官でありすぎ、年を取り過ぎていた。

携帯電話に着信が入る。モニタには、前橋大医学部の桐野の名前が表示されている。

「はい。葛です」

『桐野だ。杉平町の件、傷口の所見だけ先に聞きたいと言っていたな』

「はい。お願いします」

『念のために言っておくが、これは暫定だぞ。……といっても、後で大きく結果が変わるとも思えんが。メモの用意はいいか』

「はい」

実際には、葛は通話の録音機能を動作させている。携帯電話の向こうから、紙束を繰る音が聞こえてくる。

『傷口は深さ四センチ二ミリ。三角に近く、一辺の長さは一センチ五ミリから二センチ程度だ。先端部が鋭い三角柱だと考えていい』

「三角柱ですか」

葛は思わず、桐野の言葉を繰り返した。

「錐《きり》状ということはありませんか。先端が細く、根本に行くにつれて太くなっていくような形状だとは、考えられませんか」

『何か心当たりがあるらしいが……』

桐野はそう前置きし、言い切る。

『それは考えられない。被害者の命を奪ったのは、尖らせた先端部を除けばおおよそまっすぐで、おおよそ均質な太さの、棒状の何かだ。イメージとしては、きわめて細い杭に近い。……ただ、三角柱というのは、強《し》いていうならの表現だというのは留意してくれ。凶器の断面は少なくとも、平たくも丸くもないという程度に受け止めてもらう方が、間違いが少ないと思う』

「……わかりました」

『それから、凶器の先端部が鋭いとは言っても、刃物のように鋭いわけではない。傷口はひどく潰れている。鋭く研《と》がれているというより、単に尖っているという言い方の方がイメージに合うな』

葛の思考の中で、条件に合う凶器が次々に浮かんでは消えていく。

『傷口周辺には圧迫痕がある。何者かが被害者の頸部を圧迫していたのだろう』

「首を絞められていたということですか」

少し、間が空いた。桐野教授が後東の遺体を振り返ったのだろう、と葛は思った。

『そういう感じではないな。単に、傷口を強く押さえていたという印象だ。これは推測になるが……まあ、止血だろう。もっとも、頸動脈が破れたら、ちょっと押さえた程度で出血を止められるもんじゃない。数秒ぐらいは稼げたかもしれんが』

葛の脳裏に、血がほとばしった現場が想起される。救助のため雪が踏み荒らされていてなお、現場には大量の血痕が残っていた。

『圧迫痕は右手のものと見て矛盾はない』

深夜の崖の下で、後東陵汰の首を圧迫して止血を試みたのは、誰か。後東はおそらく低体温症による錯乱のため手袋を脱いでいたが、水野が手袋をつけていたかどうかは報告がない。水野が後東の首すじを押さえたのか、後東が自ら血を止めようとしたのか。水野の手袋を調べる必要がある――。

「いや」

『ん、何だ？』

「……すみません。こちらのことです」

葛は自らの鈍さを恥じた。裏付けをするまでもなく、後東の首を強く押さえたのが水野だというのはあり得ない。水野の右腕は折れていたのだから。

『そうか。ならいいが』

桐野の言葉に、葛は逡巡をかぎ取る。桐野は何かを黙っている。

「ほかに、何かありましたか」

そう水を向けると、桐野は不機嫌をあらわにしながら、別に隠そうとはしなかった。

『傷口の内部に、微量ながら、凝集した血液が見られる』

言葉の意味をとらえかねて葛はしばし沈黙し、ようやくのことで言う。

「それは、毒物の反応があるということですか」

血を固める作用のある毒は、葛もいくつか知っていた。蛇の出血毒などがそれにあたる。だが電話の向こうで、桐野は不服そうに唸った。

『毒……まあ、広い意味では毒かもしれん。おそらく、これは血だろう。被害者の傷口に、適合性のない血液型の人血が流れ込んだと考えられる』

思わず、葛は電話を握り直した。

「どうしてそんなことが」

『知らんよ』

桐野は語気を強めた。

『それを調べるのはこっちの仕事じゃない』

「……おっしゃる通りです。失礼しました」

『いやまあ、気にせんでいい。被害者の血液型はA型で、RHプラスだ。よって、流れ込んだ血液はB型、ないしAB型だろう。それと、全身の骨折や挫傷には生活反応がある。崖から落ちた時のものと見て問題ない。……この辺でいいか。あまり長くご遺体を放っておけん』

訊くべきことは、ほかにいくらでもあった。だが桐野は、

『鑑定書は明日以降になる。では』

と言って電話を切ってしまった。

携帯電話をポケットに戻し、葛は考える。血のことは、確かに気になる。だがいまの通話でより重要なのは、傷口の形状――つまり、凶器の形状に関する情報だ。

凶器は、断面が少なくとも円ではないまっすぐな棒で、先を尖らせたもの。葛は目を閉じて、昼間見た事件現場を思い起こす。崖にもたれかかっている後東の死体、踏み荒らされた雪、着雪しないほどに急な崖、崖上に張り出した雪庇、雪庇から垂れ下がる氷柱……。

事件が起きた時間帯には、後東の隣に水野がいた。水野の持ち物は報告があったが、

桐野教授の所見に一致するようなものはなかった。では、水野はどうやって後東を刺殺したのだろう。あるいは、犯人は水野であるという読みから考え直す必要があるだろうか。

車が杉平署に到着し、運転をしていた部下が、「着きました」と言わずもがなのことを言う。葛は、

「しばらく……」

と言いかけて、言葉を呑んだ。

「はい」

「いや、行こう」

一人で考える時間が欲しかったが、それは不可能なことだ。葛は指揮官であり、所在は常に明らかにしておかなくてはならない。


会議室では多くの刑事が多くの情報を抱え、葛を待っていた。

まず葛は桐野教授からの所見を刑事たちに伝え、若い部下に自分の携帯電話を預けて、桐野との通話内容を書き起こすように命じた。次に、列を作る刑事からの報告を受け取っていくが、その内容は総じて現状報告にとどまっていて、事件の解明に寄与しそうな情報は一つしかなかった。水野の両手に関して得られた、医師の供述である。

「水野の骨折治療を担当した、杉平町立病院整形外科の飯塚《いいづか》医師によれば」

と、刑事はメモを見ながら報告した。

「右手で何かをつかむことは不可能ですが、舟状骨の亀裂骨折にとどまった左手は、ある程度の動作は可能ということでした」

「ある程度というのは、どういうことだ」

「何かを強く握ったり、重いものを持ったりすることは難しかっただろう、と言っていました」

強く握るというのはどのぐらいの強さのことを言うのか、重いものを持つというのは何キロぐらいからのことを指すのか、それがわかれば捜査の精度は上がる。だが捜査において、情報とはおおむね不完全なものであり、現状、葛はこの報告で満足せざるを得なかった。

ひととおりの報告を受け、葛は部下たちに順次食事を摂るように指示する。葛自身は、あらかじめ用意させた菓子パンとカフェオレで夕食に替え、五分かからずそれを食べ終えた。

聞き込みのため上荘市に向かった佐藤から、報告メールが届いている。それによると、五人組のスキー客が中学の同級生であることは事実で、今回だけ呼ばれた浜津京歌を除く四人は卒業後も途切れず仲間内のつきあいを続けていたことが確認されたという。後東が主導的存在で水野と下岡はそれに逆らえないという構図が、卒業後二十年近くたっても維持されていたらしい。

報告書には、水野の母親の事故死についても触れられていた。事故は四年前で、相手方のミキサー車運転手も死亡している。入っていた保険は対人こそ無制限の補償が受けられるものだったが対物補償は上限があるもので、水野家には多額の賠償請求が降りかかった。父親は心痛に倒れ、家も売却せざるを得ず、水野は父親の介護と借金返済に追われていた。

佐藤が報告メールを作成したのは、ちょうど葛たちが額田に事情聴取をしている時間帯だった。当然、事故の原因が後東にあったという額田の供述には触れていない。情報は既に伝わっているはずで、佐藤はいまごろ事情聴取のやり直しをしているだろう。時刻は七時前で、捜査の矛を収めるにはまだ早い。葛は佐藤に電話をかける。折よく佐藤の手が空いていたようで、電話はすぐに繋がった。

『佐藤です』

応える声がわずかに硬いが、葛は気にせず、一方的に話す。

「報告を見た。充分だ。村田から、水野の母親のことは聞いたな」

『聞いています。……こっちの交通課は、あんまりいい顔しませんね。事故として処理したことに問題はなかった、と言っています』

「そう言うだろうな。こじれそうなら俺にまわせ。手短に言うが、被害者の体内から、B型かAB型の血液の痕跡が見つかった。関係者の血液型を訊いてくれ」

水野が運ばれた杉平町立病院では彼の血液型を把握しているはずだが、医者には守秘義務があり、回答を渋ることがある。それに、水野以外の血液型も押さえておきたかった。

『血液型ですね。了解です』

「水野の右手は腕から折れていた。やつの利き腕はわかるか」

即答が返る。

『右でしょう。野球をしている水野の写真をやつの実家で見ましたが、右投げでした。念のため、親にも確認します』

「よし、頼む」

電話を切ると、次はデスクの上の書類に向き合う。数多の書類から機動鑑識の報告ファイルを開き、被害者の所持品をまとめたページを探す。

葛は、現場の遺留品はひととおり見ている。水野正の所持品についても報告を受けている。そのどちらにも、これが凶器だろうと考えられるものはなかった。ならば、凶器は後東が身に着けていると考えるよりほかにない。求めるページを見つけ、読み込む。

——現場に残されていた、後東のものと考えられるものとして、ニット帽と手袋とネックウォーマーとゴーグル。

——後東が身に着けていたものとして、着衣一式（肌着、ネルシャツ、セーター、綿のパンツ、靴下）。スノーボードウェア上下。ゴーグル。スキー場の利用券（アームバンド型）。スノーボード。ビンディング。ブーツ。スマートフォン。二つ折り財布（中身は現金とカード類、普通自動車運転免許証）。

葛は遺留品リストのみならず、それぞれを撮影した写真も全て確認していく。どこかに先が尖った棒状の部品が使われていないか、一つ一つ検討する。

三十分が経ち、葛は会議室の天井を仰いで目元を揉む。何の発見もなかった。後東が身に着けていたものには、これが凶器ではないかと疑わせるものすら含まれていない。後東が彼自身の所持品によって殺害された可能性も、犯人が凶器を後東に持たせた可能性も、共に皆無である。

顔を下ろしてファイルを繰り、現場の写真を見る。崖の下、斜面にもたれている後東の首には生々しい傷跡があり、噴き出した血は彼の半身を染めている。

「後東は何で殺されたか」

あるいは、何か根本的な勘違いをしているだろうか。これは殺人ではなく事故、あるいは自殺という可能性はないだろうか。犯人は本当に水野しかいないのか。見落としはないか……。

午後十時を過ぎた。

刑事たちのほとんどは帰宅したが、葛と、数人の部下は杉平町に残っている。杉平署員が柔剣道場に布団を敷いてくれていて、葛の部下たちはシャワーを浴びるなり、布団にもぐりこむなりしている。

葛は会議室で一人だった。ようやく、一人になれた。

この事件で、特別捜査本部を立ち上げたくはなかった。事は殺人であり、殺人は常に重大事件だが、犯人はほぼ特定できている。凶器の不在だけが、この事件を終わらせられない唯一の因子だ。葛は迅速に、適切な捜査を指示しなくてはならない。

会議室ではすべての照明が点灯され、室内を皓々《こうこう》と照らしている。葛は捜査の過程で得られた情報を、写真であると文章であるとを問わずプリントアウトし、自分のまわりに並べている。杉平署の人間に淹《い》れてもらった茶に口をつけ、葛は静かに沈思する。

問題は二つに分けられる。

第一の場合。凶器は現場にあったが、それが凶器であるとまだ気づけていない。

第二の場合。凶器は現場になかった。

理屈の上では、凶器は現場にあったが、それを発見できなかったという考え方も成り立つ。しかし葛はその可能性を排除した。桜井率いる機動鑑識班は優秀で、落ちているものを見つけ損ねたというのは考えられない。その場にあったものはすべて鑑識が見つけ出したという前提で、考えを進める。

まずは、第一の場合を考えていく。現場にあったものを、水野の所持品、後東の所持品、そのどちらでもないものに三分割する。

すでに、後東の所持品には凶器になり得るものがないことを確認している。金属製のビンディングや重量物のスノーボードで人を殴れば死に至らしめることは出来るだろうが、今回の刺殺事件には符合しない。

水野の持ち物のうち、後東のそれと重複するものは除外してもいい。葛はペンを手に、水野の所持品リストに線を引いていく。スノーボード、ビンディング、ウェア、ゴーグル、ニット帽、財布……。水野が持っていて後東が持っていなかったものは、一つしかなかった。

「イヤーマフか」

イヤーマフの写真を見る。マフ部分が白く、ブリッジは黒だ。現物はここにはないが、メーカーと商品名が調べられているので、パソコンを使って商品を紹介するウェブサイトを見る。

左右のマフをつなぐブリッジ部分は、薄いプラスチックから成っている。仮にマフを取り外し、ブリッジの先を尖らせたとして、それで人を刺し殺すことは相当に困難だろう。もし殺害に足る強度と鋭さを持たせられたとしても、傷口の所見に合わない。

「それに、そもそも……」

と、葛は呟いた。

イヤーマフのブリッジを加工して凶器にしたとしよう。いつ、どうやって加工したのか？

あの崖の下で、小刀やカッターナイフのようなものでブリッジを加工したというのは考えられない。今度はその「小刀やカッターナイフのようなもの」が見つからないという問題、水野の右手は使えず左手も負傷していたという問題を別にしても、重大な矛盾が残る。……そんな道具があったなら、それで刺した方がよほど確実だ！

では、水野は事前にイヤーマフのブリッジの先を尖らせ、スノーボードに興じる間、ひそかに殺人の機会をうかがっていたというのはどうか。

「論外だ」

額田姫子は、水野の母親の死には後東がかかわっているが、水野はそれを知らなかったと供述した。この供述は信用できない。水野はとうに事実を知っていて、かつそれを隠していたのだという可能性を否定する理由はないからだ。しかし仮に水野が事実を知って後東に殺意を抱いていたとして、脆弱なプラスチック製の凶器を隠し持ち続けて機会をうかがっていたと考えるのはあまりに不合理だ。ロープでも持ち歩いた方がよほどましだろう。

重要なのは、後東がコース外に出ることを主張し、下岡が負傷し額田がはぐれたために二人で崖の下に転落し、後東が負傷した上で低体温症を発症して錯乱するという経緯を、水野が予想できたはずはないということだ。だから水野は、あの崖の下でこそ有効な凶器を事前に準備するなどということは出来なかった。水野は即興で、何の準備もなく、おそらくは衝動的に、後東を殺したのだ。

ゆえに、イヤーマフではない。ほかの何かでもない。水野や後東の所持品が凶器に加工されていると考えるのは間違いで、凶器はそれらの中にはない。

では、どちらの持ち物でもないが現場にあった何かが凶器だという考え方はどうか？

それに関しては机上の空論と片づけられるだろう、と葛は思った。たとえ一見して遺留物に見えなくても、凶器として使われた可能性があるものならば鑑識が見落とすはずがない。たとえば現場に落ちていた枯れ枝が凶器だったとして、血塗られたそれは必ず目についたはずだ。

「つまり、凶器は現場にあったが、それが凶器であると気づけていないという考え方は、否定できる」

一人きりの会議室で、葛はそう呟いた。

茶に口をつける。旨い茶だ。杉平署には茶を淹れるのが上手い警官がいるらしい。
ノートパソコンにメールが届いた。上荘市に飛んだ佐藤からだ。報告の内容は簡潔である。
《以下の通り、関係者の血液型と利き手を報告します。
後東陵汰　A型　右利き
水野正　AB型　右利き
額田姫子　B型　左利き
下岡健介　O型　右利き
浜津京歌　A型　右利き
以上》
葛はすぐに報告受領のメールを返し、佐藤が報告してきた内容を手近な紙にメモした。資料を自分の周囲に広げて考えるのが葛の癖であり、そのためにはすべてが紙に書かれていなくてはならない。
もう一口茶を飲んで、ノートパソコンを閉じる。
葛は、凶器の所在を二つに場合分けし、第一の場合を否定した。では、第二の場合はどうだろうか。――凶器は現場になかったのではないか？
この場合に忘れてはならないのは、足跡の問題だ。部下の聞き込みによれば、捜索隊が崖の下に近づいたとき、周辺に足跡はなかったという。捜索隊は複数の人間でまとまって行動しており、その全員が崖の下に続く足跡はなかったと言っている以上、信用できる情報だと葛は考えていた。

つまり、崖から落ちた後東と水野を除いては誰も崖の下に近づいていないし、そこから離れてもいない。ゆえに、誰も現場から凶器を持ち去ることは出来なかった。

正確には、警察が到着する前に現場から離れた人間が、いることはいる。捜索隊と、救助された水野だ。だが捜索隊は水野を救助したほかは何も持ち去らなかったと供述しており、その供述はやはり信用できる。水野は救助時に毛布に巻かれ、担架に乗せられ、現場から凶器を持ち去ったとしても途中で捨てられる状態ではなかった。途中で捨てられなかったのなら所持品として見つかるはずで、水野の所持品に凶器がないことは既に確認済みだ。

「誰も持ち去っていない……にもかかわらず、現場から凶器が消えた……」

葛の脳裏に、いくつかの可能性が浮かぶ。

あの崖の下という条件をいったん棚に上げれば、離れた場所から凶器を回収すること自体は不可能ではない。単純な話、釣り糸でも結んだ凶器を投射して相手を殺し、糸を引っ張るだけでも、現場に凶器がないという状況は構成できる。だが、棚に上げた諸条件を下ろしてみれば、第三者が遠隔手段で後東を殺して凶器を回収したというのは、荒《こう》唐無稽《とうむけい》であるという以上にあり得ない。葛が呟く。

「夜だったんだ」

犯行時刻は深夜二十二時から二時のあいだである。しかも昨夜の杉平町周辺は雲が厚く、月明りも星明りも当てにならなかった。その状態で、足跡がないことが確認された範囲の外から被害者に投射物を命中させるというのは、名人技を超えている。後東が崖から落ちたのは偶然だというのに、そんな飛び道具が突然出てくるというのは冗談にもならない。

だが葛は、念には念を入れて思考を進める。後東に対して何かを「投射した」というのはありえない。では、「落とした」というのはどうか。崖の下で救助を待つ後東に、崖の上から何か尖ったものを落として殺害したという可能性は?

「……ないな」

葛は、少し笑った。こんな可能性を検討したこと自体、疲れ始めている証拠だ。足跡がないのは崖の上も同じことだ。崖の上にあったのはシュプールが二本だけで、隠蔽工作を疑う余地すらない。

茶を飲み、急須から茶を注ぐ。

あり得ない可能性ということで言うなら、水野が崖の上で後東を殺し、死体を崖下に運んだという可能性も、皆無である。転落時に後東が生きていたことは桐野教授の司法解剖で明らかになっているし、なにより、現場には大量の血痕が残っていた。殺害現場は間違いなくあの崖の下であり、ほかの場所ではない。
これで、第三者が離れた場所から凶器を回収した可能性もなくなった。だが現場から凶器を消してしまう方法は、それを回収することだけではない。湯飲みを置いてペンを持ち、葛は手近な紙に走り書きを始める。
《燃やす》
《沈める》
《埋める》
どれも、葛がこれまで実際に目にしてきた、凶器を隠す方法だ。殺人者はあらゆる方法で凶器を隠そうとする。まるで、そうすれば罪そのものも消えてしまうとでも思っているかのように。今回、どれかが当てはまるだろうか？
どれも、望みがあるとは思えない。二人の所持品には着火のための道具が含まれていなかったし、現場からは燃えかすも見つかっていない。崖の下にはどこかに細い流れがあったようだが、それを探して近づいた足跡はなかった。埋めるというのは真っ先に思いつく手軽な隠し方であり、機動鑑識の桜井はそれを想定して現場検証を指揮した。それで出てこなかったということは、雪の中に凶器はなかったのだ。
ではほかに、凶器を消してしまう方法はあるだろうか。茶を飲んで、ふと湯飲みを見つめ、葛は《ペンを取って《食べる》と書いた。

少なくとも、燃やしたり沈めたりよりは有望だ、と葛は思った。燃やしたり水に沈めたりするのとは違って、食べるだけなら体一つでできる。だが……葛は低く唸る。

「どうも腑に落ちん」

水野があらかじめ凶器を用意していたという可能性は、とうに否定している。あの崖の下で調達できて、後東を刺して死に至らしめることができ、かつ、食べて隠せるなどというものが存在するのだろうか？

葛の視線が、現場を撮った数多の写真の上をさまよう。雪、崖、氷柱、遺体、足跡……。

食べる。体内に入れる。

夜、あの雪深い崖の下に存在していて、後東の頸動脈を突き破れるほどに堅牢な、先の尖った何か。血。

部下が報告した無数の情報が、葛の思考の中で渦巻いていく。

携帯電話が着信音を発する。沈思を破られ、葛ははっと顔を起こす。発信者は、杉平町立病院に詰めている部下だった。

「葛だ」

『班長、夜遅くすみません』

「どうした」

『水野の意識が戻りました。ただ、合併症を起こして重態です。医者は予断を許さないと言っています』

葛は立ち上がり、会議室の出入口へと向かう。

「事情聴取をする。医者を説得しておけ。一分でいいと言え」

『わかりました』

電話を切って、すぐに別の部下に電話をする。柔剣道場で雑魚寝をしているはずの新人を呼び出す。

「水野の意識が戻った。病院に行く。車を出せ」

慌てる新人の言葉を聞かず、葛は電話を切る。静まり返った杉平署に葛の足音がやけに響く。自供を取らなくてはならなかった。犯罪は明らかにされなければならない……たとえそれが、死にゆく者の犯罪だとしても。

五分後、葛は車中の人だった。部下に緊急走行を命じ、サイレンの吹鳴《すいめい》を聞きながら、雪降る街並みが赤と黒に明滅するのを見るともなく見ていた。杉平町では、警察署と病院はさほど離れていない。もどかしさを感じる間もなく夜間玄関に車を止めさせ、葛が車から降りると、部下が迎えに出ていた。

「四〇四号室です。案内します」

「よし。医者の了解は取れたか」

「はい。同席を主張しています」

「構わん」

エレベーターで四階に上がり、消灯時間の過ぎた病院の廊下を足早に歩く。リノリウムの床に光を投げかけているのが、四〇四号室だった。病室前に立つ白衣の男が眉を顰《ひそ》め、

「主治医の笹尾《ささお》です」

と名乗る。

「水野に会わせていただく」

「体力が低下しています。賛成できません」

「先生にも同席していただき、ストップには従う。よろしいか」

「……いいでしょう」

「では」

笹尾が先に立ってドアを開ける。漏れ出す光が強まる。

直接見る水野は、遭難で体力を失ったためにそう見えるのか、ひどく痩せ細った男だった。酸素マスクを当てられている。無精髭が伸び、頬骨が浮いていて、顔色が白い。

水野はうっすらと目を開け、葛を見たが、すぐに眠るように目を閉じた。

「県警捜査一課の葛だ。後東陵汰が殺害された件について調べている。話を聞かせてもらいたい」

水野は、話せる状態ではなかった。ほんのわずか、呼吸で胸が上下するのと区別がつかないほど小さく、彼は頷いた。

「水野正。後東を殺害したのは君だな」

反応がない。水野の目は閉じられたままだ。

「君は昨夜、鎌岳山中で後東の首筋を刺して殺害した。そうだな」

「……………」

無反応なのか、黙秘なのか。笹尾がちらちらと葛を見る。次の質問で反応がなければこの医者はストップをかけるだろう、と葛は察した。

たった一つの質問で、的を射抜かなければならない。深夜の山中、崖の下で、水野正は何を用いて後東陵汰を殺したか。なぜ、その凶器が見つからないのか。葛の脳裏に、一瞬、会議室で書いた《食べる》の文字が浮かんだ。

葛は言った。

「骨で刺したな」

右腕の骨が折れていた。右橈骨骨折。それらの報告は正しいが、詳細ではなかった。

搬送された水野が手術を受けたという報告を受けたとき、自分は気づくべきだったのだ、と葛は悔いた。あれは何の手術だったのか？

骨折整復術だ。水野の右腕は開放骨折だった。骨が折れ、皮膚を突き破り、鋭く突き出していたのだ——あたかも杭のように。

尖った骨が後東の首筋に食い込み、突き破った。後東の血と水野の血が混じり、傷口に凝集反応を残した。

そして凶器は、手術によって水野の体内に隠された。見つからないはずである。

水野の目が開く。大きく息を吸い込んで、声を絞り出す。

「……違います。刺してはいない」

その目尻が、わずかに下がる。笑ったのだ。

「刺さったんです」

かろうじてそれだけを言うと、水野は長い長い息を吐いた。

あの崖の下で何が起きたのか、正確なことを知るすべはない。わかっているのは、後東が矛盾脱衣を起こすほどに錯乱していたこと、水野の母親は後東が原因で死亡していたこと、そして水野の右腕の骨が体外に飛び出していたことだ。後東と水野が争ったことも、間違いはないだろう。その諍《いさか》いの中で水野が自らの前腕の骨を力の限り後東の首筋に突き立てたのか、それとも水野が言った通り、骨は刺さってしまったのか。それは永久にわからない。

開放骨折は傷口が大きく開くため菌感染症を起こしやすいし、他人の血液は強力な感染源になる。水野が合併症を起こしたのは、折れた骨が後東の血液に触れたからではないか……。立証しようのない推測なので書類には書かなかったが、葛はそう考えている。

水野正が逮捕されることはなかった。逃亡の恐れがない被疑者に対して逮捕状は下りない。彼はベッドから起き上がることなく、十一日の闘病の末、敗血症性ショックで死亡した。検察は被疑者死亡のため不起訴という決定を下し、後東陵汰殺害事件は決着した。

下岡健介は遭難から二日後、自力で下山した。後東の死を知った下岡は、額田と同じく「ばれたんだ」と叫んだという。

捜査一課葛班の刑事たちは、夜のうちに自分たちの頭越しに上司が事件を解決していたという屈辱を味わった。彼らは葛をよい上司だとは思っていないが、葛の捜査能力を疑う者は、一人もいない。

投了図

芦沢　央

ハタキをかけ終えて重く痛む腰を伸ばすと、息苦しさを覚えた。

美代子《みよこ》はマスクを顎にずらし、埃と古い本の匂いが混ざりあった空気を深く吸い込む。

整然と並んだ様々な色の背表紙を眺めながら、コーヒーでも淹《い》れようかしら、とぼんやり思った。それとチョコレート。一週間前、ふいにどうしても食べたくなって買ってきた残りがまだあったはずだ。

稀覯本《きこうぼん》コーナーの脇にハタキを戻し、奥のレジ机でパソコンに向かっている夫の横を、できるだけさり気なく通り抜けて自宅へ繋《つな》がる暖簾《のれん》をくぐる。

一瞬、ほんの微《かす》かに、くぐもった声が漏れ聞こえた。

言葉の内容は聞き取れない。だが、それが夫が観ている将棋中継の音声であることはわかっていた。

今、この街で開催されている棋将戦第五局だ。

将棋にそれほど詳しくない美代子も、今回のタイトル戦の話題は何度も耳にしていた。去年、師匠の国芳英寛《くによしえいかん》からタイトルを奪取した生田拓海《いくたたくみ》初の防衛戦にして、二年連続のタイトル戦での師弟戦。

そもそも、師弟戦がタイトル戦の舞台で実現すること自体かなり珍しいらしい。弟子がトップ棋士になるまで、師匠も第一線に居続けなければならないからだ。若くして弟子を取ったとしても、年齢差は約二十歳――去年の棋将戦七番勝負は、生田拓海がほとんど最速でタイトル挑戦を決め、国芳英寛が五十歳目前にしてタイトルを持ち続けていたからこそ実現した、歴史的な対局だったのだという。

そして国芳英寛は、失冠した翌年に、今度は挑戦者としてタイトル戦出場を決め、さらに歴史を塗り替えた。

テレビの全国ニュースでもたびたび取り上げられる注目の一戦がこの街で開催されるとあって、町内会のメンバーが集まれば、必ず棋将戦のことが話題に上がるようになった。

対局当日には関係者や報道陣、将棋ファンが全国から押し寄せ、会場の旅館はもちろん、その周辺のホテルにも宿泊していく。土産物は売れるし、飲食店にも人が入り、タクシーの需要も格段に増える。

夫と美代子が商う古書店の集客は変わらないが、それでも一大イベントとして町内が活気づいているのは肌で感じていた。

美代子は足を止めてしまっていたことに気づき、「ねえ」と夫に呼びかける。

「あなたもコーヒー飲む？」

おお、と夫は振り向かずに答えた。暖簾の隙間から、夫の白髪交じりのつむじが見える。その奥の画面には、淡黄色の将棋盤が映し出されていた。

美代子は足早に台所へ向かい、ヤカンでお湯を沸かし始める。ドリッパーにフィルターをセットし、粉を入れたところで手を止めた。

――あの人は今、何を考えているんだろう。

腹の底で何かがぞろりと蠢《うごめ》く。

夫は昨日から、ほとんどの時間をああしてパソコンの前で過ごしている。

年季の入った将棋ファンの夫は、常日頃から棋戦の中継予定をカレンダーに書き込んでしょっちゅうネット観戦している。普段なら、ごく見慣れた光景のはずだった。

けれど、と思ったところで、ヤカンが甲高い音を立てた。

美代子はびくりと肩を揺らし、飛びつくようにして火を止める。そろそろと、夫の様子をうかがおうとして、自分が怯《おび》えているのだと自覚した。

最初に夫に対して違和感を覚えたのは、今から一週間ほど前のことだった。

朝、いつもなら起きてすぐにテレビをつけて新聞を開く夫が、なかなか居間に出てこず、布団の上でスマートフォンをいじり続けていた。

朝食の後に何気なく映していたワイドショーで棋将戦第五局のニュースが流れたときも、いつもなら食い入るように見るはずの夫が何の反応も示さなかった。

ただ黙々と漬物を口に運ぶ。ぽり、ぽり、という胡瓜《きゅうり》が嚙み砕かれる音が妙に大きく響く。

ニュースは、棋将戦第五局の会場である「茂の湯旅館」に嫌がらせの張り紙があったという話題に移った。

〈棋将戦を中止しろ。ウイルスを集めるな！〉

白い紙に大きく書かれた文字が画面に映し出される。

美代子は思わず息を詰めた。コメンテーターの『ひどいですねえ』という声に、〈自粛警察、ここにも——〉というテロップが重なる。

嫌ね、と美代子はわずかに上ずった声でつぶやいた。

『こういうのって、誰が貼っているのかしら』

新型コロナによる緊急事態宣言が出たばかりの頃、この店のガラスにも同じような紙が貼られたことがあった。営業するな、自粛しろ——まさにこんな文面だ。

張り紙を目にしたときの衝撃は大きかった。こういう嫌がらせがあることは聞き知っていた。だけど、まさかうちが、と思わずにいられなかった。

貼ったのが顔見知りの誰かだろうとわかってしまうことにも気が滅入《めい》った。自粛期間中で外の人間の出入りはないのだから、うちのような小さな店が開いていると知ることができるのも、紙を貼れるのも、町内の人間しかいない。日頃から顔を合わせ、付き合いを続けてきた相手が、直接注意してくるのではなく、こんな形で匿名で怒りをぶつけてくるということに、美代子は打ちのめされた。

あのとき夫は、無言で張り紙を剝《は》がしていた。閑散とした通りの中で立ちすくんだままの美代子を置いて、店頭に並べた百円均一ワゴンを淡々と中へしまい始めた夫——

『お店、閉めるの？』

美代子が尋ねると、夫は手を止めずに『どうせ客なんか来ないだろ』と答えた。

それは本当だった。新型コロナウイルスの騒ぎが始まって以来、元々日に数人ほどだった客足はぱったりと途絶えていた。

扱っている商品が古本だということもあっただろう。顔の見えない誰かが触っていた本への忌避感はわからなくもない。紙の本についたウイルスがどのくらいの期間生きているものなのか美代子には想像もつかないけれど、だからこそ美代子自身、何となく店の商品に触れたくない気持ちはあった。

もうこのまま店を畳むしかないんじゃないか、と何度も思い、夫にも告げた。いつこの騒ぎが収まるのかもわからず、収まったとしても、客が戻るとは限らない。鬱々《うつうつ》としながら過ごし、夫との間での口論も増えた。

その頃、義父が亡くなった。

新型コロナウイルスとは関係なく、持病が悪化してのことだったが、そもそもここは義父が始めた店だった。数年前から高齢の義父に代わって夫が経営するようになっていたし、業務上は義父がいなくても回るようになっていたものの、気持ちとしての影響はやはり大きい。

辞め時が来たのだろう、と美代子は思った。だが、義父が亡くなったことでかえって、もういいんじゃないの、という一言が口にしづらくなった。せめて夫から切り出してくるまで待とうと考えているうちに、緊急事態宣言が解除された。

営業を再開する店が町内でもちらほら現れ始め、その流れの中で店を開けたのがひと月ほど前だ。

しばらくは、また張り紙がされるのではないかと怯えていたが、幸い、今に至るまでそうしたことはない。

美代子は安堵《あんど》した。あれは、緊急事態宣言下の異常な状況だから起こったことだったのだ。もう、みんな、この日常に慣れてきている。街中の人間同士で監視し合ってきたことなどなかったように、このままうやむやになっていくのかもしれない。

そう考えかけていた頃、旅館への嫌がらせのニュースを見たのだった。

『またうちにも貼られたら……』

美代子の言葉に、夫は何も答えなかった。漬物に箸を伸ばし、ぽり、ぽり、と片頬を膨《ふく》らませて咀嚼《そしゃく》する。

答えないつもりなのかと思ったが、数秒して『規模が違う』と言った。

『うちの客はこの街の人間だろ。棋将戦には県外の、東京とかからも人が来る』

夫は箸の先でテレビを指す。つられて画面を見ると、茂の湯旅館の入り口が映っていた。消毒用アルコールや検温器、透明の衝立《ついたて》が映し出され、感染対策という文字がテロップに流れる。

美代子は箸を置くと手を合わせた。ごちそうさま、とつぶやき、席を立つ。

何となく、会話を続ける気になれなかった。

胸の奥に、胃もたれに似た落ち着かなさがある。自分の分の食器を下げ、洗い始めるか少し迷ってから、結局水を張っただけで店へ出た。

帳簿をつけるためにパソコンを立ち上げ、まずはメールを確認しようとインターネットを開く。検索窓にカーソルを置いた途端——枠の中に検索履歴が現れた。

え、という声が喉の奥に吸い込まれる。

履歴には、〈張り紙〉という言葉が並んでいた。〈コロナ　嫌がらせ　張り紙〉〈自粛

嫌がらせの張り紙の写真がずらりと現れる。〈自粛警察　張り紙〉〈張り紙　嫌がらせ　刑罰〉――開くと、嫌がらせ　張り紙〉

もう一度履歴に戻ると、〈張り紙　嫌がらせ　刑罰〉という文字が見えた。

暖簾の奥から夫の気配がして、慌ててウィンドウを閉じる。エクセルを開き、領収書の束を引き寄せた。

夫が店に出てくることはなかった。それでも、もう一度ウィンドウを開き直すことができない。

――これは、何だろう。

夫は、一体何を調べていたのか。

以前この店に張り紙を貼った人間に対して、何らかの対応をしようと考えたのだろうか。だが、あれはもう二カ月も前のことだ。第一、夫からそんな話を聞いたこともない。

もし「犯人」に対して何か――法的なことをしようとしているのだとしたら、まず私に話しているだろう。張り紙の件を気にしていたのは私の方なのだし、夫はむしろ私を宥《なだ》めてあっさり店を閉めたくらいなのだから。

それに――夫が、町内の人間に対して法的措置を取ろうなどと考えるわけがない。そんなことをすれば、街中の人間を敵に回すことになる。

張り紙をされたと話せば、みんな表面上は気の毒がってくれるかもしれない。けれど、本心では「犯人」の味方なのだ。

うちは店を閉めたのに、おまえのところは開けるのか。自分の利益だけを優先してみんなの感染リスクを上げるつもりか――その声は、確実に街中に存在している。

自分よりも冷静で、面倒事を嫌う夫が、一度限りの嫌がらせに対して何かしようとしているとはとても思えない。

だとすれば、と美代子はマウスを握りしめた。

実際に行動を起こすつもりはなくても、反撃する方法について調べることで溜飲を下げていた？　同じような被害に遭った知り合いから相談を受けて、その人に答えるために調べていた？　可能性を浮かべていけばいくほど、少しずつ、それではない可能性に意識が引き寄せられていく。

テレビで張り紙の映像を見た瞬間に、気づいていたことだった。

――夫の字に似ている。

漢字に対してバランスを欠いて小さなひらがな、ほとんど縦線に近い「し」、斜めに潰れたように癖のあるカタカナ、太さが特徴的な「！」――ただの偶然だと思おうとした。同じような字の人なんていくらでもいる。そう思いながら、夫に向かって「あなたの字に似てるわね」と言えなかったのは、あまりに似すぎていたからだ。

大好きな将棋の大会が妨害されているというのに、憤りを見せるどころかニュースを見ようとさえしないのも不自然だった。

だが、理由がわからない。

考えれば考えるほどに、ありえない気がしてくる。

夫は、大の将棋ファンなのだ。地元でのタイトル戦開催を喜びこそすれ、妨害しようなどと思うはずがない。

それに、もし何らかの理由があって妨害したいのだとして、会場の爆破予告や、具体的な危害を示す脅迫状ならばまだしも、ただ〈中止しろ〉と呼びかけるだけの張り紙ではタイトル戦は中止にならない。旅館や新聞社、市長までもが動き、感染対策に万全を期していることをアピールして、街全体で歓迎ムードを盛り上げているのだから。

これはどう考えても、ただの嫌がらせでしかない。少なくとも、夫ならばそれくらいのことがわからないはずがない。

――やっぱり、夫じゃない。

美代子は詰めていた息を吐いた。

気になるのならば、直接夫に聞いてしまえばいい。あなたみたいな字を書く人がいるのね、と笑い混じりに言えば、俺がこんなことをするわけがないだろ、と言下に否定してくれるはずだ。

だが、結局、美代子は夫に聞くことができなかった。

夫がこんなことをするわけがない、と思いきれないのは——夫が将棋ファンだったから、なのだった。

夫は元々、義父から将棋を教わったのだという。かなり筋がよく、地元の将棋教室ではすぐに負けなしの存在となり、小学生向けの全国大会で準優勝することもあったらしい。将来はプロか、と騒がれ、棋士の養成機関である奨励会に通うために家族で新幹線の停車駅があるこの街に引っ越し、店も構え直したそうだ。

それでも、東京の千駄ヶ谷までは車と新幹線と電車で往復七時間かかる。夫が中学生になるまで毎週義父が付き添い、地元の将棋教室への送り迎えも義父が担当した。

しかし、奨励会に入会するのは誰も彼もがそうした「天才少年」ばかりだった。その中で四段まで昇段してプロになれるのは、ほんの一握り。ほとんどの者が、子どもが背負うには重すぎる期待と犠牲を背負って将棋に人生を懸《か》けた上で、夢を絶たれる。

夫が奨励会を退会したのは二十三歳の頃。奨励会の制度が変わり、四段昇段がさらに難しくなったのがきっかけだったという。埼玉にある食品メーカーに就職した夫と、美代子は職場で出会い、結婚した。そして、夫が五十歳を過ぎた頃、義母が亡くなり、義父が体調を崩したのをきっかけに、地元に帰ることになったのだった。

埼玉にいた頃は将棋を指すことも観戦することもなかった夫は、義父と同居するようになってから、再び将棋を指すようになり、義父と連れ立って棋戦を観戦に行くようにもなった。だが、義父がこの春に亡くなると、夫は自分の棋書も義父の蔵書もすべて店頭に並べてしまった。

俺が持っていても宝の持ち腐れだから、と苦笑いしていたが、本当のところ、夫はどういう思いを抱いていたのだろう。

義父の葬儀の際、夫は涙も流さず、無言で義父の棺《ひつぎ》に将棋の駒を入れていた。

葬儀はコロナ禍ということもあり密葬で、喪主である夫はほとんど言葉を発することはなかった。東京で暮らしている孫たちは呼ばず、参列してくれた近所の人たちには焼香だけで弁当を持ち帰ってもらった。

棺の蓋《ふた》が閉じられる瞬間は、とても静かだった。

夫は、ただ黙って棺を眺めていた。美代子は、夫と義父の時間を邪魔しないよう、あえて声をかけなかった。葬儀屋は低く、空気を震わせないような声で出棺を告げ、夫は背中を深く丸めて頭を下げた。

一見一般車と区別がつかないような黒いステーションワゴンの霊柩車は、発車する際、長くクラクションを鳴らした。汽笛《きてき》にも似たその音は、車が見えなくなってからもしばらく反響し続けていた。

夫は義父の死について何も語らなかった。ただ、初七日をすぎる頃、義父の棋書を取り出してきて他の本にするのと同じような手つきで値をつけ始めたのだった。

数百円、という夫がつけた値は、本の状態から考えれば相応な額ではあった。だが、美代子には、義父の形見にその額をつけてしまう夫の気持ちがわからなかった。夫にとって、将棋とは何だったのだろう。

かつては夢であり、義父との関係を繋ぐ存在でもあったもの。

けれど今は——これまで無邪気に信じていたものの輪郭が、揺らいでいる。

夫は、義父が亡くなった後も、それまでと変わらずパソコンで将棋観戦をしている。

けれど誰かと指すことはなくなった。

美代子はスマートフォンを手にトイレに入り、〈張り紙　嫌がらせ　刑罰〉という検索ワードを入れた。一番上に現れたサイトを開き、目次に目を通す。

軽犯罪法違反、威力業務妨害罪・偽計業務妨害罪、強要罪・脅迫罪、名誉毀損罪・侮辱罪、建造物損壊罪・器物損壊罪——それ以上は読む気になれず、画面を伏せた。

具体的に今回のケースが何の罪に問われるものなのかはわからない。だが、それよりも美代子にとって大事なのは、夫がこんなことをしでかす人間なのかどうかということだった。

たとえタイトル戦自体は中止にならないとしても、関係者は嫌な気持ちになっただろう。来県した棋士たちも、自分たちの対局に悪意を抱いた人間がいることを目の当たりにし、強いショックを受けたはずだ。

そしてそれは、いつまでも凝《しこ》りとなって残る。

——だって私は、ずっと気にしている。

店に張り紙をされたのは、二カ月も前だというのに。

もし、夫が私の横で、何食わぬ顔でこんなことをしたのだとしたら。

美代子は、湯を吸い込んで黒ずんだ粉を見下ろした。

——私は、そんな人とこれからも変わらずに暮らしていけるだろうか。


「はい、どうぞ」

コーヒーを夫とパソコンの間に置くと、夫は手刀を切って謝意を示した。

美代子は画面を覗《のぞ》き込み「まだやってるのね」とつぶやく。

「もう双方秒読みだからそろそろ終わると思う」

夫は画面に前のめりになったまま答えた。

美代子は一歩引き、画面を見るふりをして夫の耳の後ろを見る。

夫は、昨日からずっと、この家を出ていない。

棋将戦、せっかく近くでやるのに見に行かなくていいの、と昨日の朝尋ねたものの、大盤解説会の予約を取りそこねた、と答えられただけだった。

取りそこねた、ということは取ろうとしたのかとは訊けなかった。ただ、家を出ていない以上、現地で何かをするつもりではないことはたしかだ。

画面では、壁に貼られた大きな盤の前で、スーツ姿の男性とワンピース姿の女性が手のひらサイズの大きな駒を動かしている。

まるで何度もリハーサルをしてきたようなスムーズな動きで盤上の配置が変わったと思うと、またすぐに駒が元の場所に戻された。

画面が対局室に切り替わる。

和服に身を包んだ二人の対局者が映った。

左側の年配の方の棋士が、ゆらゆらと上体を揺らす。腕を組み、宙を仰《あお》いだ。数秒して再び盤上に目線を落とし、口元に扇子《せんす》の先を押し当てる。

扇子がすっと下ろされ、畳の上で小さく滑った。ゆっくりと、優雅とさえ言える動きで、扇子が畳に置かれる。

その手が巾着《きんちゃく》をつかみ、中からマスクが取り出された。棋士は目を伏せたまま、静かにマスクを装着する。

右側の青年は、盤に覆いかぶさろうとするように身を乗り出して盤をにらみつけていた。髪が激しく乱れ、顔も白く強張《こわば》っている。

この若い子の方が追い詰められているんだろうか、と美代子は思った。どう見ても、青年の鬼気迫る表情には余裕がない。焦りと苛立《いらだ》ちが滲《にじ》んでいるようで、もう一人の対局者とは対照的だ。

二十秒、という低い声が響いた。青年の肩がぴくりと揺れる。今はどちらの手番なのだろう。この子は残り二十秒の間に指す手を決めなければならないのだろうか。

〈十秒〉

青年の腕は持ち上がらない。早くしないと、と美代子は息子に対するように思った。ほら、とにかく何か指さないと、時間切れになっちゃうわよ――

その瞬間、年配の棋士の方が手を盤上に伸ばして頭を下げた。

〈まいりました〉

――え？

美代子は目をしばたたかせる。

「え、これ、こっちの人が負けたの？」

「ああ、生田棋将の勝ちだな」

夫の言葉と同時に、画面に〈生田拓海棋将　勝利〉というテロップが表示された。それでもまだ、美代子には状況が上手く飲み込めない。

「でも……この子の方が追い詰められているみたいだったのに」

夫は、「そういうもんなんだよ」と口元を緩めた。

「投了する側は、数手前から気持ちの整理をしているんだ。もう敗北が避けられないとわかっていて、何をどこで間違えたのかを考えているんだよ。でも、勝っている方は最後まで気が抜けない。詰んでいると思っていても読み抜けがある可能性があるし、たった一手間違えれば逆転されてしまう」

「じゃあ、あなたはこの子の方が勝つってわかっていたの？」

「まあ、確信したのは国芳九段がマスクを着けたときだけどな」

夫は画面を見たまま言った。

「マスク？」

「このご時世、マスクを着けないで近距離の相手にしゃべっている姿が流れるのはよろしくないだろ。マスクを着けるってことは声を出そうとしている——つまり投了を告げるつもりなんだろうと」

ふと見ると、青年の方もマスクを着けるところだった。そこに、スーツ姿や和服姿の人間がわらわらと入室してくる。

「投了水とかいう言葉もあるくらいだ」

「投了水？」

「投了する前に水を一口飲むんだよ。お茶の場合もあるけど、他にも羽織を直したり背筋を正したり、棋士には投了直前の所作ってものがあるんだ」

投了は、ただゲームに負けることとは違うんだよ、と夫は続けた。

「人生のほとんどすべてを将棋に費やして、一手一手、最善を信じて積み重ねていくんだ。投了は、自分が間違えて、積み上げてきたものを台無しにしてしまったことを、自ら受け入れる行為なんだよ」

画面上には、再び壁がけの大きな盤が映し出されていた。

〈この先の詰め手順は――〉

スーツ姿の男性が、駒を動かしながら解説していく。

「もう詰んでいるとわかっても、棋士はすぐには投了しない。かと言って、最後の詰みまで指すこともしない。その棋譜にとって最も相応《ふさわ》しい投了図を作り上げてから幕を引く。投げ場を求める美学があるんだ」

夫は、どこか眩しそうに目を細めた。

その表情からは、将棋への純粋な愛情しか見受けられない。将棋が好きで、その道を極めた棋士たちへ混じり気のない敬意を向けていることが伝わってくる。

――やっぱり、私の勘違いだった。

美代子は、身体から力が抜けていくのを感じた。

夫が、嫌がらせの張り紙なんてするわけがない。この人は本当に、将棋を観戦できることを楽しんでいる。

「よかった」

美代子は笑みを漏らしながらつぶやいた。

夫が怪訝《けげん》そうに振り向く。美代子は「いやね、ちょっと早とちりしちゃったのよ」と顔の前で手を振った。

「ほら、あの茂の湯さんのところに貼られていた紙、あれがあまりにあなたの字に似ていたものだから、まさかなんて思っちゃって」

ひどいわよね、と続けようとした言葉が、喉の奥で詰まる。

夫は、顔を強張らせていた。

目を伏せ、唇を真一文字に引き結んでいる。

美代子は口を開いた。だが、言葉が出てこない。そんな、まさか――本当に？

「何よ、どうしたの」

結局、口をついて出たのはそんな言葉だった。

「いきなりそんな顔をして黙っちゃって」

夫は動かない。目を合わせてくれない。

「やめてよ、ちょっと、冗談でしょう」

「すまない」

夫が頭を下げた。え、という声が震える。

それ以上は言葉が続かなかった。この一週間、ずっと考えてきた可能性のはずなのに、状況が認識できない。

美代子の視線が宙を泳いだ。その目が、本棚の前の台に並んだ義父の棋書を捉える。

二百円、三百円、五百円——小さな値札シールに書き込まれた夫の字。

義父の棋書は、店頭に並べられてから、まだ一冊も売れていなかった。

そもそも店の営業を再開してから、まだ数えられるほどしか客が来ていない。

「……どうして」

ようやく言葉が漏れる。

夫は、答えなかった。

ただ、周囲に薄膜を張ったように、目を伏せて固まっている。

答えるつもりがないのかもしれない、と思った瞬間、身体の内側に湧き上がったのは、猛烈な虚しさだった。

二十七年連れ添い、子を二人育て、互いの親も共に看取《みと》ってきた夫が、何を考えているのかわからない。夫は、黙り込むことで私を拒絶している。ただ、この時間が過ぎ去るのを待っている。

それは、嫌がらせの張り紙をしたことよりも、ひどい裏切りに思われた。

「あなたは、張り紙をされた側がどれだけ傷つくのか知っているはずでしょう」

責めたいわけではなかった。夫がこんなことをして後悔してないはずがない。なのに、言葉が止まらない。

「私が言わなければ、ずっとしらばっくれているつもりだったの？　あなたの字なんだから、私が気づかないはずがないじゃない」

夫の背中が微かに揺れた。

「話す気がないなら隠し通してくれれば……」

「悪かった」

夫が、低く短く言う。

その言葉に、さらに頭に血が上るのを感じた。謝らせたいわけじゃない。謝ってなんかほしくない。ただ、私は夫の口から話してほしいだけなのに——

そのとき、店の入り口から引き戸を開ける音が響いた。

美代子はハッとして顔を向ける。

「あの！」

息を切らせて立っていたのは、半袖半ズボン姿の少年だった。

「お店、まだ、やってますか」

少年は紅潮した頰《ほお》をごしごしとこすりながら、美代子と夫を交互に見る。

「ああ」

答えたのは夫だった。

夫は何事もなかったような声を出し、少年にうなずいてみせた。少年は小さく会釈をし、一直線に一番左端の棚へ向かう。

少年が足を止めたのは、義父の棋書を並べたコーナーだった。

そういえば、と美代子は思い出す。何度か店で見かけた子だった。町内の子ではないから名前はわからないけれど、顔に見覚えがある。

本を買ってくれたことはなかったが、義父の棋書を立ち読みしていたこともあった。長時間立ち読みだけして帰る客は、店にとってはありがたくない存在だ。だが、夫も美代子も、少年に注意をしたり、近くでハタキをかけてプレッシャーを与えるようなことはしなかった。

少年はいつも、とても丁寧《ていねい》に本を扱った。そっと、折り目がつかないように薄く開き、真剣に目を動かしてページをめくっていく。時折、本を閉じて何かを考え込んでいるようなときもあり、ああ、この子は将棋を指す子なんだなと思ったのを覚えている。

今日も少年は、一冊の棋書を手に取った。対局集、棋譜、という文字が見える。

少年は、それを大事そうに胸に抱えると、レジにやってきた。

「これ、お願いします」

「どうぞ」

差し出された本を受け取った夫が、少年の顔を見る。少年は慌てた様子でズボンのポケットから小銭を摑み出した。

バラバラと百円玉や十円玉や五円玉がキャッシュトレイの上に落とされる。

「細かくてごめんなさい」

少年は、小さな身体をさらに縮めた。

何も言わない夫の代わりに、美代子は「大丈夫よ」と微笑《ほほえ》みかけ、紙袋に入れて本を渡す。

「ありがとうございます」

少年は恭《うやうや》しく受け取り、再び胸に抱きかかえた。ぺこりと会釈《えしやく》をし、入り口へと身を翻《ひるがえ》す。

「将棋をやっているのか」

少年の背中に、夫が声をかけた。

少年はびくりと立ち止まり、少しバツが悪そうに振り向いて、「いつも立ち読みしてごめんなさい」とうつむく。

怯えた様子に、夫は「いや、それは別にいいんだが……」と言葉を淀ませた。目線が泳ぐ。

沈黙が落ちた。

少年は、このまま立ち去っていいものか迷うように入り口をちらちらと見ている。

美代子はふっと口元をほころばせた。

「お小遣いを貯めてきたの？」

「あ、はい」

少年は美代子に向き直る。

「どうしても欲しくなって、それで……」

「棋譜なら、ネットでも見られるだろ」

夫の言葉に、少年が一歩後ずさった。

「あの、見られるけど、あんまりパソコンを触らせてもらえないから……」

「ああ、ごめんね。怒っているわけじゃないのよ」

美代子は声を挟んだ。

「この人、顔は怖いけど、将棋が好きなの」

そう咄嗟《とっさ》に続けた言葉に躊躇《ためら》いが交じる。

けれど、少年はパッと目を輝かせた。

「そうなんですね」

夫は、曖昧《あいまい》にうなずく。

少年は、その微妙な間には気づかなかったのか、「あの、僕今さっき見てきたんです」と続けた。

「棋将戦」

夫の目が、微かに見開かれる。

「大盤解説会はお金がかかるから入れなかったんですけど、でも、国芳九段がこの街に来ることなんて滅多にないから」

少年が、目にしてきた光景を脳内で思い描くように、宙を見上げた。

「かっこよかったなあ」

「何か見られたのか？」

「あ、えっと、あのね、ひと目見ただけなんです。旅館には来たけどやることがないから、ロビーをうろうろしてたら、対局中の国芳九段が中庭に出てきたのが見えて」

中庭——美代子は、茂の湯旅館の日本庭園を思い浮かべる。

ロビーに入ってすぐ、大きな全面窓から望める四季の美を凝縮した景色は、この街随一の名景だ。池や石灯籠、松や欅《けやき》や楓《かえで》が調和を計算し尽くして配置され、雄大な奥行きを感じさせるのに、離れ回廊を通る人の姿は絶妙に正面からは見えないようになっている。

庭園を挟んで本館の反対側には数寄屋《すきや》造りの離れ客室が数室点在し、最も大きな「富士の間」にはかつて皇室を迎え入れたこともあるという話だった。

たしかに、茂の湯旅館でタイトル戦を行うなら、あの離れ客室のどれかを使うだろう。

「国芳九段は、池の前で立ち止まったんです。でも、誰もあそこに国芳九段がいるって気づいていなくて……」

おそらく、他の角度からは樹の陰になって見えない位置だったのだろう。それに、タイトル戦目当てで旅館を訪れた人は、みんな大盤解説会場内にいた。

だが、少年はロビーに居続けるしかなかったのだ。

そして、棋士の姿を見た。

少年が、右手を本から離し、指先をじっと見つめる。

「国芳九段の、指が動いたんだ」

重大な秘密を告げるように、ささやかな声音だった。

「頭の中で動かしている駒をなぞるみたいに、小さく」

美代子の脳裏に、先ほど画面の中で目にした棋士の姿が浮かぶ。口元に押し当てられた扇子がすっと下ろされ、畳の上で滑った——

「ああ、国芳九段は本当にいたんだって思った。僕が今まで見てきた棋譜は、あの人が指したものなんだ、あの人の頭から生まれたものなんだって」

少年の興奮と感動がそのまま伝わってきて、美代子まで胸が熱くなる。

たった数秒——あるいは、ほんの一瞬の出来事だっただろう。言葉を交わしたのでも、視線を合わせたのでもない。

けれど、この子は見逃さなかった。

夫が、腰を上げた。

少年が、我に返ったようにハッとする。語りすぎてしまったことを恥じ入るようにうつむいた少年の脇を、夫が通り過ぎた。本棚の前で背中を丸め、義父の棋書を手に取る。

一冊、二冊、三冊――手の動きが少し早くなり、すべての棋書が、夫の手に抱えられた。

夫が少年を振り向き、本を差し出す。

「持っていきなさい」

「え?」

少年は、目を丸くして夫を見上げた。

「お代はいらない。このまま持って帰っていい」

「え、でも……」

少年は、困ったように美代子に視線を向けてくる。

美代子はうなずいてみせ、レジの台から大きな紙袋を引き出した。

「あなた、袋にくらい入れてあげないと」

夫から本を受け取り、紙袋に入れて少年に渡す。

少年は、戸惑った表情をしながらも、受け取った。本を見下ろしてから、パッと顔を上げる。

「あの、お金……」

「いいんだよ」

夫がようやく声を和らげた。

「これはな、おじさんのお父さんの本だったんだ。おじさんも、子どものとき、これを読んで勉強した。でも、もううちには将棋を指す人はいないんだ」

少年は、夫の言葉を理解しようとするように、夫を真っ直ぐに見ている。

「この本も、君に読んでもらえるのが一番幸せだと思う」

夫は、どこか噛みしめるような声音で言った。

少年が、じっと紙袋を見下ろす。抱きかかえた腕に、力がこもった。

「ありがとうございます」

少年は、深く腰を折った。

「僕、いっぱい勉強します」

出口へ向かい、もう一度「ありがとうございます」と頭を下げると、店を出て行く。

少年を見送る夫の背中から、力が抜けるのがわかった。

　少年が帰ってからも、夫はしばらく何も言わなかった。

　美代子も、何か言えば店内に漂う空気が吹き飛んでしまう気がして、口が開けない。

　ただ、それは少年が来るまでの沈黙とは明らかに違うものだった。少年の、温かく、真っ直ぐで、光に満ちた興奮が、夫との間の空気まで変えてくれたようだった。

「あの子にとっては、地元でのタイトル戦は、生きた棋士に直《じか》に会える貴重な機会だったんだな」

　夫は、ひとりごちるようにつぶやいた。

　その目は、少年が出て行った店の出入り口を向いている。

　たしかに、古本一冊を買うのにあれだけ時間をかけ、小銭をかき集めてきた少年が、遠方で開催されるタイトル戦を観に行くことは難しかっただろう。近隣の旅館で開催された今回も、大盤解説会には参加できなかった。

　だが、少年は国芳九段の姿を――その指の動きを直に目にした。

「俺は、あの子の機会を潰そうとした」

　夫が、食いしばった歯から絞り出すような声音で言った。

　美代子は、でも、と口を開く。

「あなたは、本当に中止にさせようとしたわけじゃないでしょう」

「そんなのは言い訳にならない」

叩きつけるような声だった。

夫は、ゆっくりと本棚の前へ進み、義父の棋書が並んでいた、今は空白となった台の前にしゃがみ込む。

「歓迎してない人間もいるってことを、示さなければならないと思ったんだ」

夫は、美代子に対してというよりも、空白に向けて語るように言った。

「この街のみんなが歓迎しているのなら、俺だけは、許さないでいないといけないと……」

夫の声が、微かにぶれる。

「こんなふうに大勢集まっていいなら、東京から来る人間を歓迎していいなら——どうして親父は、あんな寂しい送られ方をしなきゃいけなかったんだ」

吐き出すような声に、美代子は縛られたように動けなくなった。

涙も流さず、黙って、義父の棺を見つめていた夫の姿が蘇る。

あの葬儀は、特別だった。

本来ならば、義父が世話になった人や世話をした人が集まり、孫たちも来て、みんなで食事をしながら、義父についての思い出を語らい合ったはずだった。

「真太郎《しんたろう》だって、千恵《ちえ》だって、最後にじいちゃんに会いたかっただろう」

夫は、東京で暮らす子どもたちの名前を、震えた声で口にした。

義父は新型コロナと関係なく亡くなった。持病が悪化してのことだったから、孫たちも見舞いに行けたはずだった。——本来ならば。

「俺が止めたんだ」

夫の声は、もうほとんど言葉になっていなかった。

「来るんじゃねえ、今東京者を呼んだら石を投げられちまうって」

なのに、と夫が言葉を詰まらせる。

「俺は、親父に最後まで——」

——ああ。

美代子は鼻の奥に痛みを感じて、拳を押し当てた。

この人は、ずっと負い目に思ってきたのだ。

かつて義父からかけられた期待に、応えられなかったことを。

だから、義母が亡くなって義父が体調を崩したとき、迷わず会社を辞めて地元に戻ることを選んだ。義父の店を継ぎ、将棋の相手になり、観戦にも付き合い——けれどその最期を、相応しいと思える形に作り上げることができなかった。

あれは仕方ないことだった、と懸命に自分に言い聞かせていただろう。他の手は選びようがなかったと——そんなとき、よりによって将棋のタイトル戦がこの街で開催されることになった——。

夫が、台に手をついて、ゆっくりと立ち上がる。

よろめく足取りで出入り口へ向かっていくその腕を、美代子はつかんだ。

どこに行くの、とは問わなかった。

夫が、どこへ行くつもりなのかはわかっている。

だからこそ、美代子は夫の腕を離さなかった。

一緒に外へ出て、店の扉を閉める。

通りに、夕闇が迫ろうとしていた。駅方面へと向かうタクシーが、二台立て続けに通り過ぎる。

謝って済むことではないだろうとわかっていた。犯人だと名乗り出れば、夫がしたことは遠くないうちに街中に知れ渡る。私たちは確実に、この街で生きづらくなる。

けれど、夫は、行こうとしている。

美代子は夫の隣に並んだ。

夫が、顔を拭《ぬぐ》った手をシャッターの縁にかける。

美代子の前には、かつて張り紙が貼られていたガラスがあった。何十年もの間、雨風に汚されるたびに磨き上げてきた、店のガラス。

美代子と夫は、その上に音を立ててシャッターを下ろした。

孤独な容疑者

大山誠一郎

1

その日の朝、私はいつものように七時に目を覚ました。

仏壇を置いたリビングに行くと、沙耶《さや》の遺影に手を合わせる。まだ二十代だった頃の沙耶は、写真の中から私に笑いかけていた。その笑顔を見ていると、明るい笑い声が耳元で蘇るような気がした。

洗面所に行き、顔を洗う。最近、白いものが混じるようになった口ひげとあごひげを剃刀《かみそり》とシェービングクリームで手入れする。二年前に生やし始めたときは妙な感じがしたものだが、今は口ひげとあごひげがないと落ち着かない。

眼鏡をかけ、玄関ドアを開けて廊下に出た。空気は少し冷たく、秋の訪れを感じさせる。眼下には街並みが広がり、はるか遠くに横浜港が見えた。

エレベーターで一階のロビーに降りた。郵便ポストの新聞を手に取り、エレベーターに乗ろうとしたとき、開いた扉から中田英子《なかたえいこ》が出てきた。隣の七〇八号室に住む六十代の女性だ。おはようございます、と挨拶《あいさつ》を交わす。

「久保寺《くぼでら》さんは、明日の句会には参加されますか？」

中田英子が尋ねてきた。はい、と私はうなずいた。

「久保寺さん、最近めきめき上達されていますね」

彼女はそう言い、それから恥ずかしそうに笑いながら、

「すみません、偉そうな言い方をして……」

「いえ、中田さんにそう言っていただけるとうれしいです」

彼女は、私が属している句会の先輩会員だった。

「久保寺さんはいつ頃から俳句作りを始められたんですか」

「三、四年前ですね。もともと妻が好きで、その影響で私も始めるようになったんです。妻はなかなか手厳しくて、いつもあちこち直されました。妻にほめられるような句を作ってやろうと励んでいたんですが……」

「いい奥さんをお持ちでしたね」

中田英子はしんみりと言った。

「私には過ぎた妻だったと思っています。病気で亡くなったあと、妻のいない家に独りでいるのがつらくて、こちらのマンションに引っ越してきたんです」

実際には、沙耶は病気で亡くなったのではなく、自ら命を絶ったのだ。だが、そのことは口にしなかった。あのときのことを思い出すと、今でも心が千切《ちぎ》れそうになる。

それでは明日の句会で、と言うと、私はエレベーターに乗り込んだ。

沙耶が使っていた包丁やまな板やフライパンを使って、ベーコンエッグと野菜サラダを作る。食パンをトーストし、オレンジジュースをグラスに注いで、一人きりの朝食を取った。コーヒーメーカーでコーヒーを淹《い》れ、新聞を読もうとテーブルの上に広げた。とたんに、藤白市という市名が目に飛び込んできて、どきりとした。

藤白市――。もちろん、あの藤白《ふじしろ》とは無関係だろう。だが、この名前を目にすると平静ではいられない。

二十三年前、私は藤白亮介《りようすけ》という男を殺したのだ。

*

藤白亮介は、当時、私が勤めていた専門商社、沖野《おきの》上《がみ》産業のマテリアル課の同僚だった。長身で、柔和《にゆうわ》な坊ちゃん風の優男《やさおとこ》。スポーツマンで、気さくで親切なので、上司の覚えがよいのはもちろん、女子社員に人気があった。

私は競馬にはまっていて、独身なのをいいことに、給料の大半を注ぎ込むこともしばしばだった。もちろん、貯金などできはしない。あるとき、府中競馬場で持ち金のほとんどを失った私は、帰りの駅のプラットフォームに悄然《しょうぜん》として立っていた。次の給料日までどのように過ごそうかと頭を悩ませていた。そのとき、藤白に声をかけられたのだった。

私の窮状を聞いた藤白は、五万円貸そうと申し出てくれた。驚いて断ろうとする私に微笑《ほほえ》んで言った。

「困っている人を見るとほっておけないたちなんだ。僕はけっこう貯金もあるから、五万ぐらいなら貸すよ」

藤白の実家が資産家らしいというのは聞いていた。好意をありがたく受けることにした。翌日の昼休み、藤白は封筒に入った五万円を同僚たちに見られないようこっそりと渡してくれ、「返すのはいつでもいいよ」と言った。私は藤白の求めで借用書を書いた。

藤白は返済を迫らなかった。それをいいことに、私は何度も金を借りた。いつも五万程度だった。

金を借りるようになって一年ほど経った十二月十三日のことだ。退社しようとした私は、藤白に「一杯付き合わないか」と誘われた。

藤白は左手の中指に包帯を巻いていた。どうしたのかと聞くと、「バスケットボールで突き指しちゃってね」と笑った。中学時代からバスケットボールをしていて、今でもアマチュアチームでプレーしているのだという。身長が百八十センチ近い長身の藤白にバスケットボールはぴったりだと思った。

居酒屋に入ってしばらくのあいだ、私たちは、その前日、マテリアル課に与えられた〈ベスト・パフォーマンス賞〉のことを話していた。この賞は、その年、もっとも活躍した部署のメンバー全員に一律二十万円を与えるというもので、私たちマテリアル課は調達コスト削減を高く評価されたのだった。二十万円もらえるのはうれしいし、何より働きが認められたことがうれしかった。プロジェクトのリーダー格だった私は、主任への昇進を内々に打診されてもいた。

話が途切れたとき、藤白が「ところで」と言った。

「君に貸している金をそろそろ返してもらいたいんだが」

私はそのときまで、藤白に借金をしていることをほとんど忘れていた。

「あ、ああ、そうだな。いくらになったっけ」

「ちょうど百万だ」

「ずいぶん借りたもんだな。まず、最初に借りた五万からでいいかな」

すると、藤白は奇妙な笑みを浮かべた。

「全額だよ」

え？　と私は問い返した。

「全額返してほしいんだ」

「いや、そうしたいのはやまやまなんだが、さすがに一気に全額は……」

「すると君は、毎回五万ずつ、ちびちびと返してくれるつもりかい？　返し終わるのはいったいいつになるんだろうね？」

藤白の声はあくまでも穏やかだったが、ひやりとするものを感じさせた。私は答えられずに黙り込んだ。藤白は柔和な笑みをうかべると、

「百万、サラ金で借りたらいいじゃないか。借りた百万をそのまま僕に渡して、君はそのあと少しずつサラ金に返したらいい」

冗談ではない。サラ金から百万円も借りるなどとんでもない話だ。私は顔がこわばるのを感じた。

「明日の晩十時に、僕のマンションに百万返しに来てくれるかな。それまでにサラ金で金を借りておくといいよ」

ここの勘定は君にお願いするよ、と言うと、藤白は立ち上がった。

＊

翌日の日中、私は返済のことで頭がいっぱいだった。サラ金など論外だ。両親は五年

前に他界し、親戚も一人もいないので、頼れる相手はいない。唯一の資産は親が残してくれた築三十年の家だが、すぐに金に換えることはできない。

仕事がまったく手につかず、つまらないミスを繰り返して課長に注意された。私がうわの空である原因がわかっているのか、藤白は時折、からかうような目を向けてきた。

私は午後六時過ぎに退社した。同僚たちはまだ働いていたが、頭を悩みごとでいっぱいにしたまま働くのがそれ以上耐えられなかった。

藤白の自宅マンションは、南品川の会社のすぐ近くにあった。彼を訪ねる十時までのあいだ、私は近所の喫茶店で過ごした。サンドイッチとコーヒーを頼んだが、食欲が湧かず、ほとんど手を付けなかった。

十時になり、藤白の部屋を訪れた。

「やあ、来たね」

会社にいたときとは打って変わって、藤白は不機嫌そうな顔で私を迎えた。何か嫌なことでもあったのだろうか、と私は戸惑った。

玄関を上がってすぐのダイニングキッチンに通された。十五、六畳はあってかなり広い。ベージュ色の絨毯《じゅうたん》が敷かれ、ダイニングテーブルと椅子、ローテーブルとソファが置かれている。奥の扉の向こうにもう一部屋あるようなので、1DKということになる。南品川という立地から考えて、家賃は相当なものだろう。

キッチンのシンクの前に椅子が置かれていることに気がついた。シンクの真上の戸棚に手を伸ばすために椅子を踏み台代わりにしたようだ。

藤白に勧められ、ソファに腰を下ろした。藤白はローテーブルを挟んで向かいのソファに座る。

「百万用意してくれたかい？」

私は深々と頭を下げた。

「――申し訳ない。まだなんだ。給料が入るたびにその半分を返済に充てるから、もう少し待ってくれないか」

お断りだね、と藤白はにべもなく言った。

「絶対に全額返してもらわなきゃね」

「いくらなんでも急じゃないか。どうしてもと言うなら――あんたが同僚相手に金貸しの真似事をしてるって総務に報告するぞ」

金を借りておいて言う台詞《せりふ》ではなかったが、困り果てた私は相手を軽く脅した。

「お好きにどうぞ。総務の三好《みよし》課長は、競馬なんかにはまっている君が悪いと言うだろうけどね。三好課長は必ず僕の味方をしてくれるよ。何しろ、あの人にもたくさん貸しているから」

「――三好課長にも？」

「そうだよ。三好課長だけじゃない。うちの会社の人間大勢に貸しているんだ」

藤白はことなげに言った。

「――どうしてそんなことを？」

藤白は答えず、柔和な笑みを浮かべている。表情と言動がまったく一致していない。

私は悟《さと》った。この男は、人が苦しむ姿を見るのが楽しいのだ。だから、さほどの額ではない金を貸し付け、返済を迫らず相手を油断させて借金を重ねさせ、金額が大きくなったところで相手に返済を迫るのだ。そうして、相手が苦しむ姿を見て喜ぶのだ。

どうしてもっと早く気づかなかったのだろう。こんな人間だとわかっていれば、決して金を借りたりはしなかったのに。

藤白が不意に思い出したように言った。

「そういえば、君は、総務課の森野《もりの》沙耶が好きなようだね」

「あ、ああ」

「何回かデートもしているようだ」

「どうしてそんなことを……」

「人にお金を貸すとね、いろんな情報が入ってくるのさ。いいことを思いついた。君が借金まみれだということを、森野君に伝えることにするよ」

「――なんだって？」

私は茫然《ぼうぜん》として相手を見つめた。藤白は坊ちゃん風の顔に笑みを浮かべながら、

「あんな男と付き合っていても何にもいいことはないって教えてあげるんだ。森野君はとてもいい人だから、彼女が不幸になるのは耐えられない。君もそう思うだろう？」

「――やめてくれ」

「さっそく明日にでも話すことにするよ。僕は女性陣に信用があるから、すぐに信じてくれるだろう。それに、僕の得た情報だと、彼女はく――」

恐怖と怒りが爆発した。ソファの前のローテーブルに載っている給湯ポットを両手でつかみ、向かいの藤白に投げつけた。ポットは藤白の顔に当たり、彼は悲鳴を上げると顔を押さえてうずくまった。床に転がったポットを取り上げ、藤白の頭に振り下ろした。嫌な音がして、藤白は床に倒れた。

そこでようやく我に返った。しゃがみ込み、藤白の脈を探った。脈動はなかった。慌てて藤白の左胸に手を当てる。鼓動はなかった。死んでいた。

大変なことをしてしまった。数分のあいだ、茫然としていたが、やがて頭が働き始めた。

藤白が私に金を貸していたことが警察にばれたら、私は真っ先に嫌疑をかけられるだろう。いや、大丈夫だ、と思い直した。藤白は、うちの会社の人間大勢に金を貸していると言っていた。容疑者候補は大勢いる。

だが、容疑者候補が大勢いても、私がその一人であることには変わりがない。だったら、有力な容疑者を一人用意したらどうだろうか。

たとえば、藤白が犯人の名前を書き残したように偽装したら。

真っ先に浮かんだのが、先ほど藤白が口にした総務課の三好課長だった。私は彼を嫌っていた。彼が部下の沙耶にやたらとちょっかいを出すからだった。沙耶がそのことで愚痴《ぐち》るのを聞いたこともある。三好課長の名前を記すだけで彼を逮捕させられるとまでは思わないが、少しでも痛い目に遭えばいい。

ダイニングキッチンを見回すと、部屋の隅《すみ》の電話台にメモ用紙とボールペンが載っていた。私は手袋をはめ、藤白の死体を電話台の前まで引きずっていった。そして、藤白をうつ伏せにして、右腕を前方に伸ばし、右手にボールペンを握らせた。その右手を動かして、メモ用紙に、「みよし」と平仮名を記した。震えてほとんど判読不能な字だが、何とか読める。いかにも瀕死《ひんし》の被害者が記したように見えた。

次に、私の指紋を拭き消さなければならない。キッチンにあった布巾《ふきん》を手にすると、床に転がっている給湯ポットを隈《くま》なく拭いた。ソファで私が触れた憶《おぼ》えのある個所やドアノブも拭く。

ふと気になって、奥の部屋も覗《のぞ》いてみた。寝室として使われているようで、ベッドや衣装簞笥《だんす》が置かれていた。誰もいない。次いでユニットバスを覗いたが、ここにも誰もいない。ほっとした。手袋をはめた手でドアノブをひねると、廊下に出た。

廊下は無人でしんと静まり返っていた。階段をそっと下り始めた。

下りる途中で、キッチンのシンクの前に椅子が置かれていた光景が不意に脳裏に蘇った。そのとき初めて不思議に思った。シンクの真上の戸棚に手を伸ばすための踏み台代わりだと思ったが、よく考えると、藤白の身長ならば、戸棚には充分手が届くはずだ。それなのになぜ、踏み台代わりの椅子がいるのだろう。それとも、椅子を使ったのは、もっと背の低い他の人物なのだろうか。だが、藤白の部屋で他の人物が戸棚に手を伸ばすことがありうるだろうか。藤白に頼めばいいではないか。

理解できなかったが、今さら藤白の部屋に戻って確かめる勇気はなかった。少なくとも先ほど、室内に他の人物がいなかったことは間違いない。だったら、あのままにしておいても何の問題もないはずだ。

それより、このあとどうすればよいのだろう。容疑者候補は大勢いるし、総務課の三好課長を疑わせる工作もしておいた。だが、自分にアリバイがないのはやはり不安だ。あとからアリバイを作ることはできないだろうか……。

階段を下り切り、薄暗いエントランスを通り抜けた。凍《い》てつくような夜の路上を、私は足早に歩き始めた。

2

寺田聡《てらださとし》が三鷹にある警視庁付属犯罪資料館に異動してから、一年八ヶ月になる。

昨年の一月、捜査一課員だった聡はミスを犯し、捜査から外された。そして、犯罪資料館への異動を告げられたのだった。

犯罪資料館は、戦後、警視庁管内で起きたすべての刑事事件の遺留品や証拠品、捜査資料を保管し、刑事事件の調査・研究や捜査員の教育に役立てる施設だ。ロンドン警視庁の犯罪博物館を真似て、一九五六年に設立された。本家が〈黒い博物館《ブラック・ミュージアム》〉と綽名《あだな》されるのを真似て、〈赤い博物館〉と呼ばれることもある。赤い煉瓦《れんが》造りの建物だからだ。だが、刑事事件の調査・研究や捜査員の教育に役立てるとは名ばかりで、実態は大型の保管庫に過ぎない。

館長を務めているのは、緋色冴子《ひいろさえこ》というキャリア組の警視。犯罪資料館の館長という閑職に回されていることからわかるように、エリートコースからは完全に外れている。コミュニケーション能力皆無の女性で、そもそも警察庁に採用されたのが不思議なほどだ。

緋色冴子は、警視庁のＣＣＲＳ（刑事事件検索システム）をベースにした証拠品管理システムを資料館内に構築していた。遺留品や証拠品の入った袋にQRコードのラベルを貼り、スキャナを当てると基本情報がパソコンに表示されるというものだ。館長の作成したデータとQRコードを紐付けし、ラベルを貼るのが、聡に与えられた仕事だった。

現在、ラベルを貼っているのは、一九九〇年十二月十四日に南品川で起きた会社員殺害事件の遺留品や証拠品だ。

被害者の藤白亮介は三十二歳で、沖野上産業という専門商社に勤めていた。十二月十五日の朝、自宅マンションの部屋を訪れた大家が死体を発見した。

藤白は、ダイニングキッチンの床の上、電話台のそばにうつ伏せに倒れていた。顔面に打撲の跡があり、死因は頭部を殴られたことによる脳挫傷《のうざしょう》。床に給湯ポットが転がっており、それが凶器であることは間違いなかった。犯人はまず給湯ポットを被害者の顔面にぶつけ、しゃがみ込んだ被害者の頭部にポットを振り下ろしたのだろう。被害者宅にあった給湯ポットを凶器にしていることから、衝動的な犯行だと思われた。死亡推定時刻は、前日十四日の午後十時から十一時のあいだ。藤白の左手中指には包帯が巻かれており、調べた結果、突き指していることがわかった。

藤白は右腕を前に伸ばした状態でボールペンを握りしめていた。ボールペンの下にはメモ用紙があり、震える字で何か記されていた。瀕死の藤白が、犯人の逃走後、電話台に載っていたメモ用紙とボールペンをつかみ、床の上に倒れた状態で犯人の名前を記してと切れたようだった。メモ用紙に記された文字は平仮名で「みよし」と読めた。

キッチンのシンクの前には、椅子が一脚、置かれていた。ダイニングテーブルの前にも同じ椅子があるので、もともとダイニングテーブルの前にあった二脚のうち一脚を、シンクの前に移動させたのだと思われた。

誰が、何のために椅子を移動させたのか。シンクの真上には戸棚がある。背が低い人間ならば、シンクの真上の戸棚に手を伸ばすには踏み台が必要になる。そのために椅子を持ってきたのだと考えられる。

だが、藤白は身長が百八十センチ近くあり、踏み台がなくても戸棚に手が届く。とすれば、椅子を移動させたのは藤白以外の人物ということになる。藤白以外の人物――犯人だ。

犯人は、戸棚の中の何を取ろうとしたのか、あるいは戸棚の中に何を入れようとしたのか。椅子の上に乗って戸棚の中を覗いた捜査員は、ダイヤル錠の付いた金属ケースが置かれているのを見つけた。ケースを戸棚から出して開けようとしたが、ダイヤル錠を開錠できない。やむなくこじ開けた。

中に入っていたのは、ノート一冊と、借用書の束だった。それは、藤白が沖野上産業の社員たちに金を貸していた記録だった。ノートには、貸した相手、日付、金額がこと細かく書かれていた。

藤白から金を借りていた人間は三十三人にのぼり、社内のさまざまな部署にいた。皆、一回の金額は一万から五万と少額だったが、積もり積もってかなりの額になっていた。

犯人はこのノートと借用書を探して戸棚の中を覗いたのだろうか。しかしそれならなぜ、ケースを置いたままにしているのか。ダイヤル錠付きのケースを見れば、中に重要なもの——たとえば、金を貸していた記録のたぐいが入っているとぴんときたはずだ。ひょっとしたら、犯人はケースを開け、中のノートを改竄《かいざん》して自分の名前を消したり、自分の借用書を抜き取ったりしたのではないか、そう述べる捜査員もいた。だが、鑑識が調べた結果、ノートの字が消された痕跡はまったくないことがわかった。また、ノートに記された名前と借用書は完全に対応しており、なくなっている借用書はなかった。長身の藤白は椅子を踏み台にする必要がない、しかし犯人ならばケースをそのままにしていくはずがない——この奇妙な謎が捜査員を悩ませた。

いずれにせよ、藤白が沖野上産業の社員たちに金を貸していたという事実は、藤白が殺害された理由を説明し得る。犯人は藤白に金を借りていたが、返済を求められて彼の自宅を訪れ、そこでトラブルが生じて衝動的に殺害したのではないか。

メモ用紙に記されていた「みよし」という名前の持ち主も、この三十三人の中にいた。総務課課長の三好久雄《ひさお》だ。

捜査陣は三好を真っ先に取り調べた。三好は藤白から金を借りていたことを認めたが、殺したことは否定した。藤白にうるさく返済を求められたことはなかったし、まもなく全額返すはずだったから、殺す理由などないという。三好は、自分は犯人にはめられたのだと主張した。事件当夜の十時から十一時には、千葉市の自宅にいたという。妻と二人の子供も三好が自宅にいたと述べたが、家族の証言なので信憑性《しんぴょうせい》は低かった。

しかし、何度取り調べても三好の主張が揺らぐことはなく、彼にはすぐに借金を返済できるだけの金銭的余裕があることも判明した。やがて、捜査陣の中からも、三好は犯人にはめられたのではないかという意見が出てきた。さらに、鑑識が現場の床を詳細に調べた結果、藤白のからだが、ソファから電話台のそばへ動かされたらしいことがわかった。絨毯に微量の血液が付着しており、その付き方から見て、藤白は自分で這って移動したのではなく、犯人にからだを引きずられたようだった。その目的は、電話台のメモ用紙とボールペンを藤白が手に取ったように見せかけるためだとしか考えられない。とすれば、メモ用紙に「みよし」と書かれていたのも、犯人の偽装だったことになる。ここに至り、三好は放免された。

捜査陣は、ノートに名前のある残りの三十二人も調べた。彼らは皆、藤白から金を借りていたことを認めた。そして、犯行時間帯である午後十時から十一時にはほぼ全員が自宅におり、はっきりとしたアリバイがある者はごく少数だった。独身の人間はもちろんアリバイがないし、家族の証言も当てにはならない。

捜査陣はこの三十二人の中に犯人がいると見なして徹底的に調べたが、決め手は見つからなかった。藤白の自宅マンション内および周辺の訊き込みからも、めぼしい成果は得られなかった。

当初の見込みに反して捜査は長期化し、二年後、捜査本部は解散した。そして二〇〇五年十二月十四日午前零時、事件は時効を迎えたのだった。

＊

助手室でＱＲコードのラベルを貼っていた聡は、館長室との境のドアが開き、緋色冴子がいきなり入ってきたので驚いた。

「今、ラベルを貼っているのは、一九九〇年十二月の南品川会社員殺害事件のものか？」

緋色冴子は尋ねてきた。ええ、と聡が答えると、彼女は言った。

「この事件の再捜査を行う」

聡はこれまでに、八件の未解決事件あるいは被疑者死亡で終結していた事件を、緋色冴子の指示で再捜査している。捜査一課から放り出されようとしていた聡が犯罪資料館に異動したのは、彼女が手を回したためらしい。緋色冴子はお世辞にもコミュニケーション能力があるとは言えず、訊き込みには不向きなので、手足となる助手を必要としていたのだ。

「再捜査を行うということは、何か新たな視点が得られたんですか」

「ああ。容疑者が絞れたような気がする。犯人は、藤白のいたマテリアル課の同僚の中にいる可能性が高い」

「――どうしてそうわかるんですか」

「藤白から金を借りていた者たちの供述を見てみると、藤白が金を返済させるときには共通のパターンがあることがわかる。藤白は返済のことを口にせずに金をどんどん貸していく。そしてある日突然、全額返済を求めるんだ」

緋色冴子は手にしていた捜査資料を助手室の作業台の上に置いて開くと、金を借りていた者たちの証言を指差した。

――あの男が返済を求めてきたのは、最悪のタイミングでした。営業のリーダーに抜《ばっ》擢《てき》され、しかも子供が生まれたばかりのときに、五十万全額返せって言ってきたんです。公私ともに物入りだから、全額じゃなく分割にしてもらえないかって頼み込んだんですが、どうしても聞いてくれなくて……。

――わたしが課長になると決まったときでした。うちの事業部で初めての女性課長誕生ということで、とても騒がれましたし、わたし自身、すごくうれしかった。そうしたら、藤白さんがわたしのところにやって来て、おめでとうございますと言ったんです。

そして、いい機会だから、七十万全額返してくださいって……。

「こうした証言を見ていると、藤白が返済を口にするタイミングには共通性があることがわかる」

「その人間にうれしいことがあったときに返済を求めるということですか」

その通りだ、と緋色冴子はうなずいた。

「もっと言えば、社内での昇進や栄転だ。藤白は社内のさまざまな部署の人間に金を貸すことで、社内のさまざまな情報を得ることができるようになっていたのだろう。そして、昇進や栄転をいち早く知り、当人が一番幸せなタイミングで借金の返済を求めて困らせ、楽しんでいたのではないか。ならば、犯人にも、事件直前に、昇進や栄転に類する社内的な出来事があったと考えられる。わたしは、藤白に金を借りていた三十三人の供述を読んでみた。その結果、これと思われるものが見つかった」

「何ですか」

「沖野上産業では、功績が最も顕著な部署に与える〈ベスト・パフォーマンス賞〉という賞を設けているが、ちょうど事件の二日前、藤白のいたマテリアル課は、この賞をもらっている。さらに、事件からひと月以内に、殺された藤白を除くマテリアル課の全員が、何らかの昇進や希望の部署への異動をしていることもわかった」

「……そうだったんですか」

「そして、マテリアル課は、藤白以外のメンバー四人全員が、例の三十三人の中に入っていた。藤白が四人の昇進や異動の内示をいち早く知り、借金の全額返済を求める最高のタイミングだと考えたとしてもおかしくない。もちろん、返済のため自宅に来させる日はそれぞれ違《たが》えただろうが」

恐ろしく大胆な推理だった。捜査一課でこんな推理をすれば一蹴されてしまうだろう。だが、緋色冴子の大胆な推理のおかげで、これまでいくつもの未解決事件が解決してきたのも事実だった。

「わかりました。マテリアル課の四人を対象にして再捜査をしてみましょう」

三十三人の容疑者が四人に絞られただけでも、大きな前進だ。マテリアル課の四人は、課長の江島光一《えじまこういち》、久保寺正彦《まさひこ》、原口和子《はらぐちかずこ》、沢本信也《さわもとしんや》。聡は、この四人の事件当夜の行動をまとめてみた。

午後六時過ぎに、久保寺と沢本が退社。江島、原口、藤白は仕事を続け、午後八時前に退社。江島、原口、藤白は会社を出ると、京浜急行新馬場《しんばば》駅までの道を一緒に歩いた。その途中に藤白の自宅マンションがあり、藤白はそこで別れた。

藤白の死亡推定時刻である十時から十一時にかけては、江島、原口、沢本の三人は自宅にいた。江島は結婚しており、妻が夫は自宅にいたと証言しているが、家族であるため信憑性は低い。原口と沢本は独身で、アリバイを証明する者がいない。

唯一、アリバイがあると言えるのは、久保寺正彦だ。久保寺も独身だったが、午後十時五十分頃、埼玉県朝霞《あさか》の自宅近くのコンビニに買い物に行き、防犯カメラにその姿が映っていたのだ。南品川の藤白の自宅から朝霞の久保寺の自宅までは、車でも、電車と徒歩でも一時間十分程度かかるので、仮に十時ちょうどに藤白を殺害したとしても、十時五十分頃にコンビニの防犯カメラに映ることはできない。映像が別の日のものということも考え難かった。映像には店員や他の常連客も映っており、彼らに確認した結果、それが確かに十二月十四日の午後十時五十分頃であることが裏付けられた。久保寺だけはアリバイがあると言っていい。

「再捜査はどのように行いますか？」

「まずは沖野上産業に行って、一九九〇年十二月の人事を調べる。その頃、昇進や栄転をした社員のリストと、藤白のノートにあった名前をつき合わせてみよう。重なるのがマテリアル課の四人だけだと確認できたら、江島光一、原口和子、沢本信也に会うことにする。彼らに会って確かめたいことがある」

「確かめたいこと？　何ですか」

緋色冴子はそれには答えず、「わたしも同行させてもらう」と言った。

彼女が同行するのはこれで四件目だ。以前は聡を訊き込みに使って、自分は一歩も動かなかったが、どういう心境の変化なのだろうか。聡にはさっぱりわからなかった。

3

デスクに並べた二台のディスプレイには、株式情報を示すグラフがいくつも映っている。私はそれを見ながら証券会社に売買指示を送っていた。

朝、新聞で藤白という名前を見たせいで、二十三年前の事件を思い出してしまった。そのせいで、なかなか仕事に集中できなかった。デイトレーダーの仕事は瞬発力がものを言う。集中できなくては、瞬発力も発揮できない。

仕方がない、休憩しよう。仕事部屋からリビングに移動すると、コーヒーを淹れた。Masahiko と記されたマグカップを食器棚から取り出してコーヒーを注ぐ。Saya と記されたペアのマグカップも並べてテーブルの上に置いた。

仏壇に飾られた沙耶の遺影に目をやる。白いワンピースを着た彼女は、私に笑いかけている。優しい瞳、こぢんまりとした鼻、笑うとき一番いいかたちになる唇——。もう一度、彼女の顔に手を触れたかった。屈託のない笑い声を聞きたかった。

玄関のチャイムの音で我に返った。インターフォンのモニターに目をやると、見たことのないスーツ姿の男女が映っている。宗教の勧誘かと思ったが、それとは雰囲気が違う。「はい」とインターフォンに応えた。

――久保寺正彦さんでいらっしゃいますか。

男が言った。

「そうですが」

男がバッジのようなものを取り出し、カメラに向けて掲げた。警察手帳だった。

――警視庁付属犯罪資料館の者です。一九九〇年十二月に藤白亮介さんが殺害された事件についてうかがいたいのですが。

鼓動が速くなった。

「まだあの事件の捜査をしているのですか。とうの昔に時効が成立したと思いましたが……」

――もちろん時効は成立しています。私たちがうかがったのは、事件の事実関係をいくつか確認させていただくためです。私たちが所属している警視庁付属犯罪資料館は、事件の証拠品や遺留品、捜査資料を保管する施設なんです。

どうする、と自分に問うた。俺にはアリバイがある、大丈夫だ、と自分が答えた。

「わかりました」とインターフォンに言い、玄関に行ってドアを開けた。

奇妙な二人連れだった。男の方は三十歳前後。長身で、いかにも俊敏そうな顔をしている。女の方は年齢不詳だった。ほっそりとしたからだつきで、病的に肌が白く、人形のように冷たく整った顔をしている。フレームレスの眼鏡をかけていた。

どうしたのか、男の方がかすかな驚きの色を顔に浮かべた。女の方は大きな瞳でほとんど瞬《またた》きすることなく私を見つめている。気圧《けお》されるものを感じながら、私は二人をリビングに通した。

「奥様ですか」

仏壇に飾られた沙耶の遺影を見ながら男が言う。声にわずかな強張《こわば》りがあった。

「ええ、妻の若い頃の写真です。二年前に病気で亡くなりました」

自ら命を絶ったことは言わなかった。それは、あまりにつらすぎる記憶だった。

テーブルを前にして座ると、二人は名刺を出してきた。男の方が寺田聡、女の方が緋色冴子。二人とも警視庁付属犯罪資料館に所属していて、緋色冴子が館長だ。

寺田聡がリビングを見回した。

「いいお住まいですね。失礼ですが、お仕事は何を？」

「デイトレーダーです。二年前に会社を辞めて始めましてね」

「難しいお仕事ですね。お仕事の邪魔をしてしまったのではないですか」

「いや、休憩していたところですから。それより、確認したいことというのは？」

「藤白さんが殺害された十二月十四日夜のあなたの行動をもう一度、うかがいたいと思いまして」

「二十三年も前のことだから、はっきりとは憶えていませんよ。コンビニの防犯カメラに映ったおかげでアリバイが成立して、すぐに容疑者から外されたと思いますが……」

「捜査資料によると、十二月十四日は、午後六時過ぎに会社を出て、朝霞のご自宅に戻られたそうですね」

「確かそうでした」

「そして、十時五十分頃に近所のコンビニに買い物に行かれて、防犯カメラに映った。藤白さんが殺されたのは十時から十一時のあいだですが、南品川の藤白さんの自宅から朝霞の久保寺さんの自宅まで、車でも、電車と徒歩でも一時間十分程度はかかるから、十時に殺したとしても、十時五十分頃にコンビニの防犯カメラに映ることはできない」

「そうだ、思い出してきました。コンビニに買い物に行って本当に幸運でした。私が犯人じゃないことが証明されたんですから」

「いいえ、あなたが犯人です」

それまで黙っていた緋色冴子が不意に声を発した。何の感情もこもらない、低い声だった。

「——私が犯人？　どういうことですか。私にはアリバイがあるんですよ」

緋色冴子はそれには答えず、私を見つめていた。長い睫毛《まつげ》に縁取《ふちど》られた大きな瞳に、ふと吸い込まれそうな錯覚を覚える。

「いったいどうして私が犯人だということになるんです？　言ってください」

私は声を荒げた。緋色冴子が口を開いた。

「わたしは、藤白さんが借金の返済を求めるタイミングには共通性があることに気づき、そこから、マテリアル課のメンバーの中に犯人がいると推理しました」

緋色冴子は、マテリアル課のメンバーは皆、藤白から借金をしていたこと、事件の直前にマテリアル課が〈ベスト・パフォーマンス賞〉を受賞したこと、それからひと月のうちに、殺された藤白を除くマテリアル課の全員が何らかの昇進や希望の部署への異動をしたこと、他にそうした社員はいなかったことを推理の根拠として挙げた。藤白がなぜあのタイミングで借金返済を求めたのかを、私は初めて理解した。

「では、藤白さん以外のマテリアル課の四人のうち、誰が犯人なのか。わたしが注目したのは、ダイニングキッチンのシンクの前に椅子が置かれていたことです。これは、シンクの真上にある戸棚に手を伸ばすために、椅子を踏み台代わりにしたように見える。しかし、そうすると謎が生じます。身長が百八十センチ近くある藤白さんは、戸棚に手を伸ばすのに踏み台は要らないはずです。では、別の人物——犯人が、借金の証拠を探して戸棚に手を伸ばそうとしたのか。しかし犯人ならば、金を貸した相手を記したノートや借用書を収めた金属ケースを必ず持ち去っていたはずです。そうしていないということは、犯人でもないことになる」

二十三年前のあの夜、藤白を殺害したあと、マンションの階段を下りる途中で、私もシンクの前に置かれた椅子が不自然であることに気がついたのだった。あのときは部屋に戻って確かめる勇気がなく、また、そのままにして問題ないだろうと思って立ち去ったのだが、あの椅子がどのような意味を持つというのだろうか。

「わたしはこの謎に対して一つの答えを思いつきました——藤白さんは腕か肩を怪我していて、一定の高さ以上に腕を上げることができなかった。背が高くても、腕を上げることができなかったら、背が低いのと変わらない。もちろん、片方の腕が上がらなくても、もう片方の腕を使えばいいわけですが、死体検案書によれば、藤白さんは左手の中指を突き指していた。これでは、左手で物をつかむことができない。物をつかむのは右手でしかできないということです。そんな状態で、右腕が一定の高さ以上に上がらなかったら、戸棚に物を出し入れするのに踏み台が必要になります。そして、右腕が上がらなくなった原因である怪我の方は司法解剖で判明していないことから、その怪我は外からはわかりにくい怪我——捻挫《ねんざ》だと考えられます。藤白さんは右腕を捻挫していたのです」

私は、あの夜の藤白の様子を思い出した。会社にいるときとは打って変わって不機嫌そうだったが、あれは捻挫したからだったのか。そして、事件前日の居酒屋で、藤白がバスケットボールで左手中指を突き指したと言っていたことも思い出した。

「藤白さんは、犯人が来る前、戸棚からケースを取り出し、ノートや借用書をチェックしていたのでしょう。それらをケースに収めて戸棚にしまい、踏み台代わりの椅子を戻そうとしたところで、犯人が来た。そのため、椅子は戻されないまま残されたのです。

さて、藤白さんが右肩を捻挫していたのだとすれば、右腕を前に伸ばして犯人の名前を書けたはずがない。ここからわかるのは、犯人は、藤白さんが右肩を捻挫していることを知らなかったという事実です。知っていたならば、右腕ではなく左腕を前に伸ばすような偽装をしたはずだからです。左手中指を突き指していても、人差し指と親指でボールペンを挟んで犯人の名前を記したような偽装は可能だったでしょう。

藤白さんの右肩の捻挫を犯人が知らなかったのは、藤白さんが犯人に捻挫のことを話さず、また、捻挫が犯人の目の前で起こらなかったことを意味します。では、藤白さんは、いつ、どこで捻挫したのか。藤白さんは包帯や湿布をしていなかった。つまり、病院に行っていなかった。それは、事件当夜、すでに病院が閉まっている時間に捻挫したことを意味します。

藤白さんは午後八時前まで会社にいました。病院が閉まるのはたいてい七時。したがって、七時前から八時前までの会社で、あるいは帰宅途中で、あるいは自宅で、捻挫したと考えられます。

マテリアル課の同僚のうち、久保寺さんと沢本さんは午後六時過ぎに退社している。そこで、わたしたちは、その後も残っていた江島光一さんと原口和子さんを探し出して話を聞きました。すると、江島さん、原口さん、藤白さんが八時前に一緒に退社するとき、藤白さんが階段を踏み外してとっさに手すりにしがみついたことがわかりました。そのときに右肩を捻挫した様子だったといいます。病院に行こうにももう閉まっている時刻だし、救急車を呼ぶほどでもないので、そのままにして別れたという。江島さんたちは、特に事件には関係ないだろうと思い、藤白さんの捻挫のことは捜査員に話さなかったそうです」

私は喉《のど》が渇くのを感じていた。緋色冴子の推理がどこに行きつくのか、今や明らかだった。

「江島さんと原口さんは捻挫のことを知っていた。したがって、犯人は、午後六時過ぎに退社したため捻挫のことを知らなかった久保寺さんと沢本さんに絞られます」

「――それで、私が犯人だというわけですか。しかし、私にはアリバイがあるんですよ。それを忘れないでください」

緋色冴子も寺田聡も答えずにこちらをじっと見ている。

「私は十時五十分頃に朝霞の自宅近くのコンビニの防犯カメラに映っているんだ。たとえ十時に藤白を殺したとしても、十時五十分頃に朝霞で防犯カメラに映ることは絶対に無理だ。それとも、藤白の自宅から私の自宅まで、何らかの方法で五十分かからずに戻ったとでもいうんですか。あるいは、コンビニの映像が本当は別の日のものだったとでも？」

　二人はなおも答えずにこちらを見ている。やがて、緋色冴子が感情のこもらない声で言った。

「アリバイがあるのは久保寺さんです。しかし、あなたにはアリバイがない――そうですね、沢本信也さん」

＊

　私は一瞬、沈黙し、それから笑い出した。

「何を言うんだ、私は久保寺ですよ」

「あなたは沢本さんです。わたしたちは、江島光一さんから、マテリアル課のメンバー全員が写った写真を見せてもらったのです」

「――写真を？」

「先ほどの推理で犯人を沢本さんに絞り込んだわたしたちは、沢本さんに会おうとしました。しかし、沢本さんは沖野上産業を辞めていた。会社に住所が残っていた沢本さんの自宅マンションに行ってみると、沢本さんは二年前のある日、部屋をそのままにしていなくなったと大家に教えられました。沢本さんは独身で身寄りもいなかったので、三ヶ月待ってから、部屋のものをすべて処分したという。

そこで最後にわたしたちは、久保寺さんに会うことにしました。久保寺さんはアリバイがあるので犯人の可能性はないが、沢本さんの行方を知っているかもしれないと思ったのです。久保寺さんも会社を辞めて引っ越していたが、戸籍謄本の附票を調べれば、引っ越し先を突き止めることはわたしたちには容易でした」

そこで緋色冴子は私を見据えた。

「だが、そこで見たのは、沢本さん、あなただった。わたしたちはあえて、あなたを久保寺さんとして扱った。するとあなたは、久保寺さんとしてふるまい続けた。あなたが自分を久保寺さんだと見せたがっていることは明らかだった。――あなたは久保寺さんを殺害して、彼になり替わったのではないですか」

私は深いため息をついた。

そう、私は沢本だ。久保寺を殺してなり替わった。それは、久保寺が私から沙耶を奪ったからだ。

二十三年前のあの夜、藤白は死ぬ直前に「それに、僕の得た情報だと、彼女はく」と口にした。藤白があのとき何と言おうとしたか、私はまもなく知ることになった。「彼女は久保寺と付き合っている」と言おうとしたのだ。事件から数日後、沙耶は私に別れを告げ、数ヶ月後、久保寺と結婚した。

彼女が幸せになるのならと思って、私は我慢した。だが、久保寺は彼女を大事にしなかった。結婚後十年ほどして沙耶は鬱《うつ》病を患い、結婚から二十年後、自ら命を絶った。久保寺はまもなく会社を辞めた。デイトレーダーになるという。沙耶の死で得た保険金を元手に起業することは間違いなかった。

久保寺が許せなかった。その思いはやがて殺意となった。すでに一人殺していた私は、人を殺すことへのためらいが少なかったのかもしれない。

久保寺を殺すために身辺を調べるうちに、彼がマンションを購入して引っ越そうとしていることを知った。そのとき、天啓のように閃《ひらめ》いた――久保寺になり替わろう。引っ越したばかりなら、ほとんど顔が知られていないから、なり替わってもばれる可能性は低いはずだ。とはいえ、少しでも久保寺に似るために、彼のトレードマークだった口ひげとあごひげを生やすことにした。

なぜ、なり替わろうとしたのか。そうすることで、久保寺が沙耶と過ごした二十年を奪い取れるような気がしたからだ。それだけではない。久保寺が持っている沙耶の写真が欲しかった。沙耶が触れ、大事にしてきた日常のさまざまなものが欲しかった。

私は偶然を装って久保寺に会い、引っ越し予定日を聞き出した。引っ越しの前日、久保寺の住む一軒家を訪れ、隙《すき》をついて殴りつけて昏倒《こんとう》させ、ロープで縛った。目を覚ました久保寺をナイフで脅し、クレジットカードや銀行口座の暗証番号、その他、なり替わるために必要なことを聞き出した。必要な情報を聞き出したら、ナイフで刺し殺した。

死体を車で運び、千葉県の山中に埋めた。

翌日、久保寺のふりをして引っ越し業者に会い、荷物を運ばせた。以来、久保寺正彦として新居のマンションで暮らし始めた。私自身のマンションには二度と戻らなかった。そして、沢本信也は失踪したと見なされることになった。

久保寺が持っている沙耶の写真は、若い頃のものがほとんどだった。最後の四、五年は写真すら撮っていなかったらしい。それが、沙耶に対する久保寺の気持ちを表していた。二人がともに写っている写真からは、久保寺を切り取って沙耶だけを残した。彼女の写真をアルバムに貼り、飽かず眺めた。沙耶が笑顔を向けているのは私であるような気がした。そして、沙耶が使っていたフライパンや鍋や包丁を使って毎日食事を作った。それらを通して彼女の手の温かみが感じ取れるような気がした。

沙耶のために仏壇を購入すると、リビングに置いた。彼女の写真で一番気に入っているものを遺影として飾った。

久保寺になった私は、彼が目指していたデイトレーダーをすることにした。だが、私には才能がなかった。毎日、ディスプレイに映る株式情報を見ては証券会社に売買の指示を出すが、儲《もう》けは少しも出ず、資金はどんどん減っていく。ちょうど昔、競馬でしょっちゅう負けていたように。あと数週間で貯金が底をつくはずだった。

「藤白亮介さんと久保寺正彦さんを殺害したことを認めますね？」

寺田聡の言葉に、はい、と私はうなずいた。

寺田聡が携帯でどこかに連絡を取っていた。やがて、何人もの男たちが部屋に入ってきた。男の一人が警視庁捜査一課の者だと名乗った。

男たちに連れられてリビングを出る前に、私は沙耶の遺影に目をやった。いつもは私に笑いかけてくれる沙耶は、今は私を見ようともしなかった。私はもはや久保寺ではないのだった。

推理研VSパズル研

有栖川有栖

1

　ことの始まりは二日前の土曜日。

　東西ベルリンを隔《へだ》てていた壁が崩れてから三週間ばかりが経った一九八九年十二月二日のこと。

　経済学部三回生の凸凹コンビ、望月周平《もちづきしゅうへい》と織田光次郎《おだこうじろう》は書店に寄った後、「映画でも観るか?」「観たいのがない」などと言いつつ河原町《かわらまち》界隈をぶらついているうちに日が暮れ、「飯にするか」「まだちょっと早い」と言って、新京極《しんきょうごく》をそぞろ歩いた。世界史的大事件とはまるで無縁の日常だ。

「まだちょっと早い」と答えた凹の織田が、十五分もしないうちに「腹がへってきたな」と呟《つぶや》いたので、凸の望月が「なんや、それ」と笑ってから「あそこでええやろ」とチェーン店の居酒屋を顎《あご》で指す。大学生のコンパ御用達《ごようたし》のいたってエコノミーな店で、織田に異存はなかった。

生ビールで乾杯し、各種の揚げ物をぱくぱく食べながら、今後の就職活動について真剣な話もしたそうだが、三回生同士の秘密ということで詳しくは教えてくれなかった。望月は南紀、織田は名古屋の郷里にUターンする意向だけはかねてより聞いている。

時間が早かったためか六分ぐらいの客入りで、彼らが座ったのは四人掛けのテーブルだった。隣の六人掛けの席は空いていたが、ほどなく大学生らしい男女五人連れがやってきて埋まる。乾杯の際に、一人が「それでは皆さん、学祭、お疲れさまでした！」という声を上げていた。

それに釣られて望月は、ちらりと見たのだという。乾杯の発声をしたのは黒いレザーのベストを羽織ったシャープな顔立ちの男で、くりくりの巻き毛が特徴的だ。目が合ってしまったので、すっと視線を逸らした。どこかで見たことのある顔だな、と思いながら。

「最近、何か読んだか？」

織田に訊かれた望月は、眼鏡のレンズの曇りを拭《ぬぐ》いながら「『フォックス家の殺人』再読」と答える。

「またクイーンの再読か。よう飽きへんもんやな、お前」

「汲《く》めど尽きぬ面白さがあるからな。『フォックス家』はええぞ。初期作品ほどガチガチの論理性はないけど、それでも推理にキレがあるし、この時期になるとドラマが厚みを増してる」

相も変らぬ話をぼそぼそとする二人の隣のテーブルは盛り上がっていた。学園祭で出したタコ焼きの模擬店の反省会をしていて、聞くともなしに聞いているうちに自分たちと同じ英都《えいと》大学の学生であることが判った。

「隣、ちょくちょく学館で見掛ける連中やな」

織田も気づいて、声を低くして言った。望月は眼鏡を掛けて無言で頷《うなず》く。部室を持たず、学生会館のラウンジで集《つど》っているのだから、推理小説研究会と似たり寄ったりのささやかな研究会あるいは同好会なのだろうが、模擬店の話ばかりしているのでどういうサークルなのか見当がつきかねた。

「ところで会長、これ」

真っ赤なフレームの眼鏡を掛けたロングヘアの女の子が何やら金属製の品を手にして、テーブル越しに巻き毛の会長に差し出した。望月と織田は覗《のぞ》き込んだが、小さくて何なのかよく見えない。

「ははーん」会長はそれを受け取り、掌の上で転がす。「こいつは手強そう……でもない。僕にとっては物足りないね」

「本当ですか？」と眼鏡の女の子。

「うん、本当。これぐらいだったら五分も要らないよ。えーと」

忙《せわ》しなく指を動かし始めたところで、その品が知恵の輪であることが知れる。望月と織田は、串カツを食べながらさりげなく様子を窺《うかが》った。

「ほら」

複雑に絡まった輪はものの三分もしないうちにはずれ、得意げな会長を拍手が包んだ。

彼らが所属するサークルが何であるか、望月たちは思い出す。

「ああ……。パズル同好会や」

織田の声が届いたようで、会長がそれに快活に応えた。

「いいえ、同好会ではなく研究会。お宅と同じです。——推理小説研究会の人ですよね」

観察力と記憶力において、ここで優位性を示されてしまう。向こうは一瞥《いちべつ》しただけで望月たちの素性を認識していた。

飲食店で隣り合わせた者同士は、たいてい言葉を交わしたりしないものだが、こんなふうに些細《ささい》なきっかけから会話が生まれることもある。短いやりとりで終わる場合もあれば、流れによって話がどんどん弾む場合もなくはない。

ちょうど飲み物のお代りをするタイミングとなり、注文したものが運ばれてくると意味もなく七人で乾杯をやり直した。そして、二つのサークルの和やかな交流が始まる。

「パズルが好きな人って、ミステリはどうですか？ 謎解きの面白さをメインにする本格ミステリのファンもいるようにも思うんですけれど」

本格愛好家の望月の問いに、パズル研の五人は揃って首を振った。天童賢介《てんどうけんすけ》と名乗った会長が申し訳なさそうに言う。

「どちらも好きだという人もいるでしょうけれど、あいにくうちには該当者がいないみたいです。僕もパズルを解くのが好きすぎて、小説まで手が回りません」

「まったく読まない？」と望月がしつこく訊くと、会長は苦笑いを浮かべた。

「いくつか有名どころを読んだことがあるんだけれど、鑑賞の仕方が判っていないせいなのか、正直なところあまり面白いとは思えなかったな。エラリー・クイーンの『Xの悲劇』とか『Yの悲劇』とかいう作品です」

選《よ》りによって望月にとって本格ミステリのカリスマ作家の名前と、その代表作が挙げられた。クイーン信者は子供ではないから怒りだしたりはせず、「どういうところが駄目でした？」と参考までに感想を求める。

「気を悪くしないでくださいね。僕がそれらを読んだのは、名探偵が数学的なまでのロジックによって犯人を指摘する小説だ、という評判を目にしたことがあるからなんだけど、そんなに鮮やかな推理には思えなかった。伏線として事前にバラ撒《ま》いてあった手掛かりを解決編でそれらしく組み立ててみせるだけのようで……。まずいことを言ってますよね、僕」

両手を合わせて「ごめんなさい」ときた。そして反問してくる。

「望月さんと織田さんこそ、パズルに興味はないんですか？　パズルといってもクロスワードから論理パズルまで色々ありますが。——こんなのも」

さっき彼が気持ちよさそうに解いた知恵の輪が差し出された。望月は少しいじっただけで難しい顔になる。子供の頃に遊んだおもちゃとは複雑さが桁違いなので、どこから手をつけたらいいのかさっぱり判らない。織田に渡そうとしたら、「結構」と拒絶された。知的玩具は天童会長の許《もと》へと返却される。

「ミステリとパズルは似て非なるもの、という結論が出ましたね。問題を解くのを楽しむ、という共通点はあるにしても」

コメントしながら、天童は再び知恵の輪を解いてみせた。今度は十五秒もかけずに。

ここで織田が口を開く。

「パズルにも色々あるように、ミステリにも色々ある。こいつが好きなのはエラリー・クイーンで——ああ、何回も謝ることはありませんよ。悪気なく言うたんやから。クイーンのようなタイプの作品は論理性たっぷりの推理が売り物です。本格ミステリというやつ。俺が好きなのはハードボイルドや警察小説。推理で謎を解く面白さを売りにする本格と違って、捜査で事件を解決するプロセスを楽しむ」

天童はチューハイのジョッキを傾けてから応える。

「うん、なんか聞いたことがありますよ。ミステリもいくつかのサブジャンルに分かれているんですよね。刑事ドラマは警察小説なんですか？　『刑事コロンボ』なんかも？」

ミステリにおける警察の描かれ方の話がしばらく続いたそうだが省略。

「要するに」織田は言う。「俺は、推理より捜査を面白がるタイプのミステリファンなんです。パズルみたいな謎解きも面白がれるけど、パズルそのものは苦手かな。中学時代から数学も苦手。そんなミステリファンは多いと思いますよ。純粋な推理も大事やけど、それにも増して名探偵の巧みな弁舌や手掛かりの提示のスマートさが評価の対象として重視される」

ミステリとは何か、といった話はいつもなら一言居士《いちげんこじ》の望月が担当しているのだが、この時は織田が語り、クイーンファンは「そうやな」と相槌《あいづち》担当に回っていた。知恵の輪にまるで歯が立たなかったことで軽い精神的ダメージを受けていたからだそうだ。

「……あのぅ」

眼鏡の女の子——名前は北条博恵《ほうじょうひろえ》。副会長——が遠慮がちに発言する。どことなく雰囲気が古風で、パズルより競技カルタが似合いそう、というのが望月の印象だった。

「ミステリはあまり読んだことがないんですけれど、私が思うに、ミステリファンの人が好きなのは論理性というよりも機知とか頓智《とんち》やないでしょうか？　偏見かもしれませんけど、そういうのは数学が苦手な人がよく好む気がします」

望月周平の弁。

「そんなことを言われて慌てたわ。ミステリファンがみんな数学を苦手にしてるわけないからな。数学者でミステリ作家だった天城一《あまぎはじめ》の例を出しながら否定した。機知はええとして、頓智って言われるのはなぁ。なんか違うやろ。頓智と言うたら一休さんやけど、俺は子供の頃、一休さんが『端ではなく真ん中を通りました』とか『縛り上げますので虎を屛風《びょうぶ》から追い出してください』とか言うのにイラッときたのを覚えてる。へらず口が達者なだけやないか。それはええとして、謎解きを小説に溶け込ませる技巧や、必ずしも完璧な論理ではない推理を完璧であるかのように見せて成立させるレトリックと頓智はまた別やろ。そのへんを話すとひと晩かかりそうやから、自重したけどな」

北条博恵は感じたままを口にしただけで、数学的思考を必要とするパズルについて行けずに脱落した者たちが疑似パズルのミステリに楽しみを見出すのではないか、と言いたかったわけではないだろう。望月と織田は気分を害するでもなく、ミステリとパズルを巡る雑談が続く。

「さっき話に出した『Xの悲劇』や『Yの悲劇』ですけれど――」

天童がその不備を蒸し返すのか、と織田は警戒した。望月にとってセンシティヴな話題なので、できれば避けて欲しいと思ったのだ。

「よく考えてあるなぁ、とは思いましたよ。ただ、どうなんでしょう。実際にああいう事件が起きたとして、頭が切れる人間が立ち会っていたら割と簡単に真相を見抜くかもしれない。小説の中に手掛かりがうまく忍ばせてあるから、本で読むと判らなくなるんじゃないですか。それがミステリの面白さの鍵なのかも」

望月たちよりも先に北条が反応する。

「つまり、小説の中の名探偵は実は大したことがないってことですか？」

「ヒロちゃん、推理研の人たちの前でそんな挑発的な言い方はやめてよ。問題発言になるだろ。名探偵は小説の中の存在だから、現実の世界とは切り離されている。小説の中ですごいから、紛《まぎ》れもなくすごいんだよ。小説から現実の世界に飛び出してきたら、さらにすごい推理を披露《ひろう》するんじゃないかな。まぁ、実際はそんな人、いないんだけれど」

推理研の二人は、こっそり顔を見合わせずにいられなかった。唇は固く結んだまま。

織田光次郎の弁。

「どきっとしたな。ミステリに出てくる名探偵みたいな奴が実際にいてるわけない、というのは常識的な見解で、ミステリファンとしては『だからミステリを読むんですよ、ははは』と応えておいたらええ場面や。けど、俺らはそういう人物を身近に知ってる。『うちの部長はそんな人です』と言うても信用してもらえんやろうし、『嘘ではありません。うちのサークルはこれまで三回も連続殺人に巻き込まれて、三回とも部長が解決しました』やなんて明かしたら頭がおかしいと思われるのが落ちや。……事件のことを部外者に話したくもないしな」

望月たちから遠い席の三人は、声が届きにくいせいもあって天童たちとの会話に入ってこなくなり、何やら別の話に興じている。一人が提示したパズルを解いているらしい。「着眼点はええんやけど、それではあかんな」「待て。ここに補助線を引いたら――」というやりとりをしているから、図形を使ったパズルだろう。

「座興に僕も問題を出しましょうか」天童が言う。「推理小説研究会の人に面白がってもらえそうなのにしよう。こんなのはどうかな。紙とペンが要る」

天童がバッグからルーズリーフを出し、四角や三角を描いていくのを、望月と織田が醒《さ》めた目で眺めていたら、北条がストップを掛けた。

「天童さん、問題の選び方を間違《まちご》うてるんやないですか？」

北条博恵がやんわりと言い、会長は「じゃあ、どういうのが正しいの？」と問い返す。

「図形のパズルを出そうとしてますよね。謎に解き甲斐《がい》があったり解法に意外性があったりするのも大事ですけれど、ミステリファンは無機的な問題より謎そのものがミステリアスで刺激的なのが好きなんやないですか。ほんの少しだけでも問題にストーリー性があるものとか――」

まだしゃべっている途中で、望月が賛同を表明した。

「判ってるなぁ、北条さん。確かにそういうのに燃えます」

彼女は、にこりと笑った。

「じゃあ、面白がってもらえそうなのを出しますよ。答えを導くのに特殊な知識はまったく要らないし、変な引っ掛けもありません。純粋な論理だけで解けるので、チャレンジしてみてください」

推理研の二人に向けて、問題が繰り出された。

2

月曜日。

二講目のフランス語が休講なのは事前に聞いていたのに、うっかり大学にきてしまった。痛恨のミスだ。この次の授業は四講目の刑事訴訟法だから随分と間が空いてしまう。

今日はゆっくりと大阪の家を出られたのに、と悔やんでも仕方がない。僕は居場所を求め、初冬の風に吹かれながら学生会館のラウンジに向かった。

奥のテーブルに望月と織田がいる。硬い木製のベンチに腰掛け、一人で文庫本を読みながら時間潰しをしなくてもよくなった。

「おー、アリス。待ってたぞ」

散髪をしたてで、いつもよりさらにすかっと短髪の織田が手を振りながら言う。先輩方から用事を言いつけられるのかと思った。

「知恵を貸してくれ。解かなあかん謎があるんや。推理研の名誉が懸《か》かってる」

「名誉に懸けてやなんて、朝っぱらから大袈裟《おおげさ》ですね。いったい何です？」

ショルダーバッグを肩から降ろして、僕・有栖川有栖《ありすがわありす》は織田の斜め向かい、望月の右隣に腰を下ろした。

「パズル研究会って、あるやろ」

織田は妙に声を低くして言う。

「ありますね。時々、僕らの近くのテーブルに座ってるやないですか。今朝は入口に近いテーブルにいてますよ」

そちらに目を向けながら言いかけたら、「見るな」と止められた。

「なんで見たらあかんのですか？」

「あかんことはないけど……いささかバツが悪い。今、推理研はパズル研と戦闘状態にある」

「は？」

弱小サークルの活動の拠点はラウンジのテーブルなのだが、その数が充分ではないから確保し損ねることもある。テーブルの取り合いで揉めでもしたのかと思った。今朝はまだ空いたテーブルがいくつもあるのだが。

「子供みたいに場所取りで喧嘩したわけやない。土曜日にモチと新京極の居酒屋に入ったら、たまたま隣の席にパズル研の連中が座ったんや」

何となく会話が始まり、ミステリとパズルの相違点などを話しているうちに、先方が問題を出してきた。それがどうしても解けなくて、「しばらく考えたいので、まだ正解を言わないでもらいたい」と頼み、月曜日を迎えても長考を続けているのだという。この次第は理解した。

「酔うて口論でもしたんかと思うたら、それだけのことですか。はあ。戦闘状態でも何でもないやないですか」

その場で正解を聞いていれば、心安らかに日曜日を過ごし、月曜日の朝を爽《さわ》やかに迎えられただろう。

「アリス、そこへ座って聴け」

織田があらたまった口調で言う。

「さっきから座ってます」

「居酒屋で口論があったわけやない。険悪な雰囲気になることもなかった。しかし、俺らと彼らの間で小さな火花が散ったのも事実や。俺はそうでもなかったんやけど、モチが向こうの会長に敵意を抱いた。いや、敵愾心《てきがいしん》か」

俯《うつむ》いていた望月が、勢いよく顔を上げた。

「敵意も敵愾心も抱いてないわ。おかしなことを言うな」

経済学部コンビの言い合いになる。

「俺は察知してた」

「勘弁してくれよ。ガキやあるまいし、『Xの悲劇』や『Yの悲劇』が面白くなかった、と言われたぐらいで腹を立てたりせんわ。あの会長、気を遣《つこ》うて後でフォローみたいなことをしてたし」

「フォローしたくなったのは、お前の不快感を敏感に嗅《か》ぎ取ったからやないのか？　それはええ。──お前、あの天童っていう会長が苦手やろ。全然悪い人やないけど、ああいうしゃべり方をお前が嫌うことを俺は知ってる」

「どういうしゃべり方や？　どこの出身なんか標準語っぽかったけど、うちの大学には日本各地から学生が集まってるんやから、そんなことで嫌《きろ》うたりせえへんぞ」

「収まり返った青年実業家みたいなしゃべり方、や。声が大きいのも癇《かん》に障《さわ》ったんやないか。適切な表現ではないかもしれんけど、要するに自信ありげでどことなく偉そうな話しぶり。単に表面上のことで、本人の実像とは関係がないとして」

「好きではないな」そこは素直に認めた。「せやけど敵意も敵愾心も言いすぎや。あくまでも、あんまり好きやないという程度のことで」

「天童賢介というのも偉そうな名前やと思うてるやろ。——もう一つ」織田が付け足す。「出題者のヒロちゃんは、お前の好みのタイプに入る。顔立ちやスタイルよりも、お前が弱いのはああいう風邪を引きかけている感じの声。だから、彼女が出してくれた問題にはきちんと正解を出したい」

「もうええ。全部はずれてる。俺はただ、知的な興味から解けない謎に挑むのを楽しんでるだけや。あくまでも遊び心」

これについては、決着をつけなくてもいいことに思えた。そんなことよりも早く肝心の問題がどんなものなのか教えてもらいたい。望月が「俺が話す」と言って織田を制した。

「まず設定から。ある村に百人ばかりの住民がいた。青い目をした者が十人。残りの者たちは緑色の目をしてる。その村には鏡がなく、澄んだ水や表面がよく磨かれた金属製の板など鏡の代わりになるものもなかったので、村人たちは自分の顔を見ることができない。しかも、お互いに相手の目の色について話すことが絶対のタブーになっていた」

奇妙な設定というしかないが、パズルにはよくあることなので、突っ込まずに黙って聴く。

「村にはこんな掟《おきて》があった。『自分が青い目をしていると判った者は、それを知った日のうちに自ら命を断て』。自分の目の色を知る手段がないから、みんな平穏に暮らしてたんやが、ある日、外の世界からの来訪者が言った。『この村には青い目の人間がいる』

十人も該当者がいるのだから、村人たちは全員がその事実を知っていたわけで、新しい情報でもない。

「来訪者の言葉を聞いた後、村ではどんなことが起きたか？——以上」望月は歯切れよく言った。「これが問題や」

いかにもパズルですね、というのが第一印象だ。風邪を引きかけているような声の北条博恵は「ストーリー性があるもの」と思って出題したというが、パズルのためのパズルであり、とことん荒唐無稽《こうとうむけい》で、物語などあったものではない。青い目と緑色の目をした人たちの村に伝わる異様な掟や何者とも知れない来訪者の出現などに幻想的な味わいがあるとも言えるが。

「質問は？」

「いえ。今、モチさんが言うてくれたのがすべてで、他に注釈もないでしょう？」

「理解が早くてよろしい。そう、これが問題のすべてや」

『村ではどんなことが起きたか?』という問い掛けはえらい漠然《ばくぜん》としていますね。掟が理不尽すぎるので村人たちは無視した、とかいうのはナシですよね」

僕は織田と同じ発想をしたそうで、短髪の先輩がうれしげに笑う。

「ナシ。確認のために、真っ先に俺が訊いたことや。ミステリファンやったら、そこは納得できるやろ」

納得しかない。

「ミステリファンでなくても、そんなしょーもない答えで満足する人はいてないでしょうね。としたら……何かが必然的に起きるはずなんや。論理をもってそれを指摘せよ、ということか」

「難問やろ。俺とモチが一日半ほど考えて歯が立たんのやから、君の叡智《えいち》をもってしても即答できるとは思わん。しばらく考えてくれ」

一つだけ確認しておきたいことがあった。自分の目の色が青と知った者は自殺せよ、という掟について。無茶なのはいいとして、自殺に意味があるのか否《いな》か。

「ああ、それな」望月が言う。「自殺に意味はない。出題しながらヒロちゃんが言うてた」

インパクト重視――相手が推理研の二人だったからか?――であえて物騒な「自殺せ

よ」という設定を選んでしまったが、「村を去れ」など、より穏当なバージョンもある

らしい。何にせよ、該当者は非常に大きな行動を起こしてみせなくてはならないのだ。

「モチさん、もう一つだけ。青い目の人間が十人いることを、村人は知っているんですか？」

「いいや。知ってたら簡単すぎてパズルになれへんやないか」

青い目の者がまわりを見て青い目が九人しかいなければ、十人目が自分だとすぐに理解して、みんな即座に村を立ち退《たちの》く。

「ですよね。判りました」

「がんばれ」

僕が熟考できるように先輩たちは沈黙し、望月は読みかけの文庫本を開き、織田はバルコニーの向こうの空をぼけっと眺める。自分たちがこれだけ手こずっているのだから五分や十分で答えは出るまい、と思っているのだろう。

僕は、村人の一人になったつもりで考えてみる。鏡として使えるものがない世界で自分の目を見るのは不可能だから、自分の顔以外にヒントを求めるしかない。推理の材料になるのは他の村人たちの目か。しかし、村に青い目をした者が何人いるかが判っていなければ情報として無意味だ。自分の目が青かったら「青い目の奴が九人いるな」、緑色だったら「青い目の奴が十人いるな」と思うだけで終わり。そこから何も導き出せな

い。

問題の中に手掛かりがないか探っても見つからず。十分ほど考えただけで解ける気がしなくなった。無言のままでいたら、先輩たちの期待――少しはあっただろう――が萎《しぼ》んでいくのを肌で感じる。

気分を変えるため、荷物でテーブルをキープして早めの昼食に行くことにした。まだ空いている食堂で定食を食べ、ラウンジに戻ってパズルへの挑戦を再開。

まわりのテーブルがすべて埋まってがやがやと騒がしくなり、考えるのに飽きた頃、有馬《ありま》麻里亜《まりあ》がやってきた。錫《すず》色のパーカーと薄墨色のスカートのせいか、赤味を帯びたセミロングの髪がいつもより赤く映る。援軍が欲しいところだったせいで、普通に歩いてきただけなのに颯爽《さつそう》と登場したように思えた。

先輩たちに挨拶《あいさつ》をしてから、彼女は僕に言う。

「早いね、アリス。食堂のランチが目当てで出てきたの？」

今日の彼女は僕と同じで、二講目と四講目を履修している。

「そう言うマリアも早いやないか」

僕が言うと、小気味よい反応が返ってきた。

「午前中の授業だけ受けて帰る友だちに借りていたものを返そうと早めに出てきただけ。アリスは、フランス語が休講なのを忘れて出てきた……。そうでしょ？　ああ、図星《ネスパ》っに有栖川流の書き方にもすっかり慣れてきた」経済学部の先輩たちに向かって「アリスのノートの取り方は独特なんです。画数が多い憲法の憲は、ウ冠《かんむり》にアルファベットのK。権利の権は、木偏に又。それぐらい法学部生はよくやりますけれど、損害賠償請求をSBSと書く人はなかなかいないと思います」

今日は元気がよくて結構だ。

彼女に最後まで言わせて「そうやな」と相槌を打ってから、織田がパズルの件を持ち出す。僕たちが格闘しているのがどんな問題なのかも一気に伝えた。刺激的な自殺バージョンを避け、村から立ち去れバージョンを採用して。

マリアは遠いテーブルを一瞥してから、「なるほど」と呟いた。

「何が『なるほど』なんや？」と望月。

「私がラウンジに入ってきた時、パズル研の人と目が合ったんです。たまたま視線がぶつかることもあるけれど、三人ぐらいが私を見ていたので、思わず服装が変なのかと確かめてしまいました」

土曜日の居酒屋にいた連中か。マリアが推理研の紅一点であることを認識しているらしい。望月は肩越しに振り返って、敵陣を窺った。

「ますます推理研VSパズル研の様相を呈してきたやないか」そうだろうか？「あんまり

時間をかけるのも口惜しい。そろそろ正解をぶつけてやりたいな」

「部長がくるのを待ったらどうですか？」

マリアがあっさり言うと、望月が残念な報告をする。

「あの人、日雇いのバイトがあるって言うてた。倉庫で暖房器具の搬出やったかな。とにかく朝から夕方まで肉体労働に従事して、今日は大学にけえへんのやないかな。このメンバーで壁をぶち破るしかない。ドイツの民衆がハンマーでベルリンの壁を叩き壊したみたいに」

見当はずれのものを引き合いに出して焚《た》きつけようとするが、彼女は食いつかなかった。そして、また何事かを呟く。聴き取れなかったので、僕が「何？」と尋ねたら――

「パズル研、大したことない」

「どうして？」と重ねて訊かずにはおられなかった。

「オリジナルの問題じゃないから。その問題、私は聞いたことがある。パズルマニアだった祖父に」

「なんやて！」

望月と織田がユニゾンで叫ぶ。

こちらが勝手にオリジナルの問題だと勘違いしていただけなのだが、既成品だったのかよ。がっかりすると同時に、僕もパズル研を見くびりたくなったが、これでわが陣営の勝利が確定した——かに思えたのだけれど、そうでもなかった。

「答えを知ってるんやったら、はよ教えてくれ。すごく気になってるんや」

望月にせがまれて、マリアは哀しげな表情を作った。

「それが、その、ごめんなさい。問題は聞いたんだけど、答えは……」

「聞いてない？　それはないわ！　なんでやねん」

「深いわけがあって」

多感な中学二年生の時、片想いをしていた男子に相思相愛の相手がいるという噂を耳にして、煩悶《はんもん》していたせいなのだとか。お祖父《じい》さんは孫娘に元気がないので、パズルで楽しませようとしたらしいのだが、彼女の方はそれどころではなく、答えを聞くのさえ拒《こば》んだ。

「だって、『青い目の者は村を去れ』どころか、『自殺せよ』という掟があるって設定だったんです。あまりにも馬鹿げてるから、その時の精神状態では考える気にもなりませんでした」

心優しい織田が配慮するまでもなく、マリアは過激バージョンも知っていたのか。僕はつい、片想いをする中学生の乙女バージョンのマリアを想像してしまう。

「チャンスをもらったので、今度はしっかり考えます。祖父の供養のためにも。あの時、『ごめんよ。つまらないクイズを出してしまったね』と謝らせちゃったから」

ミニドラマの挿入でしんみりとした空気が漂い、織田が頭を掻《か》く。

「まぁ、そういうことで、亡きお祖父さんのためにも挑戦してもらおうか。三人寄っても文殊の知恵になれへんかったから、四人目の選手投入や」

「四講目が始まるまで、まだ二時間あります。余裕でしょう」

威勢よく言ったものの、十分も経たないうちに彼女は自分が楽観的すぎたことに気づいた。

「……どう考えたらいいのかも判らない。何なの、この問題？」音《ね》を上げるのが早い。

「私って、パズルを解くセンスがないみたい」

生真面目な一面が強く出てきているようだったので、僕がやんわりと宥《たしな》める。

「あんまり簡単に解けたらお祖父さんはがっかりするんやないか。もうしばらく頭を悩ませよう」

頷く彼女に、僕はあることを尋ねたくなった。

「お祖父さんから聞いたのは、パズル研が出してきた問題とまったく同じやった？　違う箇所があったら、それがヒントになるかもしれへん」

六年前の日常のひとコマなので、祖父が言ったとおり記憶しているわけもなかったのだが、彼女はかなりのところまで正確に覚えていた。といっても、長くない問題文だから差異は一点だけ。

「人数が違ってる。お祖父さんの問題では、青い目は村に五人だったかな。村人が全部で何人いるとは言わなかったと思う」

せっかく思い出してもらったが、その違いはヒントになるまい。「他には？」と訊いたら首を振った。そして、望月と織田に顔を向けて尋ねる。

「パズル研は、この問題について何か言っていませんでしたか？　一瞬でぱっと解けるとか、紙と鉛筆があった方が解きやすいとか」

答えたのは織田だ。

「ヒントになるかどうかは判らんのやけど……俺とモチが唸《うな》ってる時に、ヒロちゃんがこんなことを言うたな。『このパズルがミステリファン向きだと思ったのは、登場人物がみんな利口だからです』」

ミステリに対して、北条副会長は天童会長よりは関心を持っていた。その理由として「登場人物が現実よりも賢いのが面白い」と語っていたそうだ。僕は意外に思った。

「賢い人物ばっかりでもないでしょう。探偵は頭脳明晰《めいせき》に描かれますけれど、愚かな人間が事件を混乱させたり、犯人がトリックを成立させるために馬鹿らしい行動に出ることも多々ありますよ」

「彼女は、論理的に『あなたがやった』と指摘された犯人が、法廷で通用する物的証拠もないのに敗北を認める潔さを指して言うたんや。『まだジタバタする余地があるのに抵抗しないのは、犯人の自尊心が許さないからですよ。賢い自分にそんな見苦しい真似はできない、ということでしょう』。さらに、『探偵の推理を聴いた関係者たちがすぐに理解するのも現実離れしています。実際は推理について行けず、ぽかんとする人が何人かいますよ』とも」

新鮮な見方だ。読み心地に配慮した様式にすぎないのだが、ミステリにどっぷり浸《つ》かっているせいで、そんなふうに感じなくなっていた。

「そんなことより」織田は向かいに座った相方に言う。「気になってるんやけど、お前、テンションが急に下がったみたいやな。知的肺活量が足らんぞ。ハードボイルドファンに言わすな」

望月には言い分があった。

「問題がアリモノやと知って失望した。それやったら頭を使わんでも、たまたま知ってたらすぐに正解を返せたわけや。こっちは真剣勝負がしたかったのに。気が抜けたから、ちょっと休憩させてくれ。その間にマリアが解いてしまうかな」

「私を当てにしないでください」

と言ったところで、彼女がラウンジの入口の方角を見て「あれ？」と高い声を発する。みんなが視線をやると、肩まで長髪を垂《た》らした五番目の選手が入場してくるところだった。古着屋で掘り出したという黒っぽいオータムジャケットの裾を揺らしながら。

現われないはずの人が現われたのは、何のことはない、望月が覚え違いをしていたのだ。江神《えがみ》さんが朝から夕方まで倉庫で暖房器具を運ぶのは明日だった。

「パズル研究会やから会長か。筋が通ってるな。推理小説研究会の長《おさ》を部長と呼ぶのは理屈に合わん」

3

僕たちの話を聞き終えた江神二郎《じろう》部長は、まずどうでもいいコメントをした。さすがは二十七歳といった落ち着きだ。文学部哲学科四回生。わけあって二年浪人し、三回留年しているのは伊達《だて》ではない。

そのプロフィールは癖《くせ》の強くて怠惰《たいだ》な変人を連想させかねないが、実態はかなり違う。癖が強いというのは打ち消せないかもしれないが、僕はこれほど暑苦しさから遠い涼やかな人を他に知らない。濁世《だくせ》からするりと抜けた物静かな若き仙人のよう、と評したら言いすぎになって難しいのだが。

江神さんについて間違いなく言えることは、無邪気にミステリを愛していることと、並外れた推理力を持っていることだ。ただし、それがパズルを解くのに発揮されるかどうかは保証の限りではない。戯れにジグソーパズルに取り組んでいる姿を見たことはあるが。

「それで、どんなもんでしょうね」

織田が医者の診断を仰《あお》ぐように感触を探ると——

「ちょっと待て。考える」

たったそれだけの言葉が頼もしい。自由人の部長は、推理研VSパズル研だなどと気負いもなく、自然体で問題に向かった。他の四人は部長の邪魔をしないように黙り、そこまでしなくていいのに身動《みじろ》ぎすることさえ控えた。

「村人たちは利口なんやな?」

数分したところで誰にともなく尋ねたので、僕たちは頷いた。だとしたら、どうなのだ?

「判ったわ。多分、これが正解や」

叫ぶ者あり、のけぞる者あり、息を吞む者あり。僕は、江神さんの顔をまじまじと見つめた。冗談を言っているのでないことを確かめるために。

絶句していたマリアが言葉を取り戻す。

「考え始めて五分ぐらいしか経っていませんよ。本当に解けたんだとしたら、すごすぎます。江神さんのＩＱって、百六十ぐらいですか?」

「……失礼ですけど、この問題を知ってました?」

望月の言に軽く笑って答えた。

「もしかしたら愛好家の間では有名な問題なのかしらんけど、俺はパズルに詳しくない。初めて聞いた問題や。答えを知ってるんやったら、もうしばらく真剣な顔で考え込むという演技を楽しんだやろう。そうしておいたら、今みたいにモチに疑われることもなかったし」

「疑いません」望月は宣誓した。「知ってたら『ああ、それは知ってる』って言いますもんね、江神さんは」

「謎解きタイム、お願いします。村では何が起きたんですか?」

マリアがせっつくと、部長は一語ずつ区切って答える。

「十日目に、青い目の人間が、全員、村を、出た」

声に出さずに復唱してみたが、どうしてそうなるのか理解が及ばない。是《ぜ》が非《ひ》でも解説してもらう必要があった。江神さんは頭の中で説明をまとめてから、おもむろに話しだす。

「鏡となるものが存在せず、他人に教えてもらうこともできない状況では自分の目の色を知る手段はないんやけど、来訪者が『この村には青い目の人間がいる』と言い放った途端《とたん》に、演繹《えんえき》的な推理で可能になる」

「なんで?」

僕はわれ知らず呟いていた。驚くべき新事実の暴露でもなく、村人にとって既知の事実ではないか。

「来訪者がくるまでの村人たちは、ここには青い目の奴がいるけれど他人の目の色を指摘するのはタブーだから口にできない、という状態だったけど、来訪者のひと言によって青い目の人間がいる事実が共有されることになり、スイッチが入る。最も判りやすいのは、青い目が一人の場合。該当者は『あっ、みんな緑色の目をしているから自分の目も緑色かと思っていたけれど、青だったのか。他に青い目がいないんだから』と知り、すぐに村を出て行くことになる」

そう。しかし、出された問題では該当者が十人もいるのだが。

「青い目が二人いたらどうなるか？」江神さんは淡々と続ける。「該当者AとBはお互いに『あいつの目は青い。あいつは村を出なくてはならない』と思って、相手が行動を起こすのを待つ。『どうした、早く出て行けよ』と焦《じ》れても、相手は動かない。何故、村を出ないのか？　そうこうしているうちに日付けが変わってしまう。両者の論理的思考力が対等だったら、AとBは同時にその理由を悟《さと》る。『自分たちは二人とも青い目をしているのだ！』と」

ここまではいいな、と念押しをするように、江神さんは僕たちを見回した。落伍者はいない。

「青い目をした人間がA、B、Cの三人の場合を考える。少しややこしくなるけど難しくはない。Aになったつもりで想像してみてくれるか、アリス」

いきなり指名されてしまった。やってみる。

「えーと、『BとCは村を出て行かなくてはならないのか。かわいそうに』と思うでしょうね。自分に関しては……『多分、俺の目は緑だよな。知らんけど』」

たどたどしく答えたら、江神さんはうれしそうに微笑する。

「ええな、その調子や。もう少し先まで想像してみてくれ。BとCを見守ってたら、何が起きるやろうな。時計の針が午前零《れい》時を回った直後に、二人は哀しげな顔をして村に別れを告げるか？」

「……しません。青い目が二人の時はそうなりましたけれど、三人目がいますから、BはAとCの動向を窺っていて、CはAとBの様子を観察しているでしょう。三人とも動きません」

話しながら、江神さんが言わんとすることが見えてきた。緑色の目をした者たちが行動を起こさないのは当然として、二日が経過しても青い目の二人が動かないということは、青い目をした第三の人物がいるのだ。二人の他には緑色の目をした者ばかり。ということは、第三の青い目は自分ということになる。

「ロジックを理解しました。青い目が三人いてたら、三日目にその全員が村を出て行くわけですね。三人やったら三日目――」

　僕の言葉には続きがあったのに、マリアが黙っていられなくなる。

「三人なら三日目。四人なら四日目。十人だったら十日目に青い目の人たちが自分の目の色に気づいて村を去る、ということですか？……なんか変。三人の場合は判りましたけれど、いくら人数が増えてもそうなるんでしょうか？」

「四人で試してみるか？　青い目をしたAとBとCが村を出て行く、と思いながらDが眺めていたら、三日経っても三人は動かない。もう一人青い目がいるんや。まわりを見回したら緑色の目ばかり。四番目は自分だったのか、とDは知る。――村人たちは完全に同じ情報を持ってるからコピー人間みたいなものや。A、B、C、Dは置き換えが可能であり、一斉に同じ判断をして同じ行動に移る」

「青い目が百人いたら、百日目に結果が出るってことですね？」

「そのとおり。同じロジックが働くから、そうなる。ドミノ倒しみたいなもんや。千人やったら千日目に青い目の者たちは村を離れる」

　江神さんが出した解答を咀嚼《そしゃく》するために、僕たちはしばらく時間をもらう必要があった。ロジック自体は理解できるが、どうにも現実味が乏《とぼ》しく、実際にそうなるとは思いにくい。しかし、パズルにとってロジックは唯一の神だから、これが揺るぎない正解なのだろう。

「なるほどな」織田が嘆息する。「ヒロちゃんの言葉は伏線になってたんや。ミステリは登場人物が現実よりも賢いのが面白い、という言葉」

——このパズルがミステリファン向きだと思ったのは、登場人物がみんな利口だからです。

非現実的なまでの利口さだが、ミステリファンはそれを容認して楽しむ。パズルがアリモノだったことに不満をかこっていた望月も、さっぱりした顔になっていた。

「彼女の言動には整合性があったわけやな。もう文句は言わんとこう。そのへんの評価も加えて、パズル研に答えをぶつけに行けるぞ。戦国時代やったら勝鬨《かちどき》を上げるところや。——それにしても、青い目問題にあれだけ苦しめられてたのに、江神さんが登場してから解決までは早かったなぁ。呆気《あっけ》ないぐらいや」

マリアも清々《すがすが》しげだ。

「江神さんがこなかったら解けた気がしません。延々とみんなで唸っていたでしょうね。早く解決したおかげで時間が余ってしまいました。四講目まで、まだ一時間半もある」

マリアと僕は時間潰しでここにいるようなものだが、望月と織田はどうなのだろう？午前中からラウンジにきていたのに、いつまでも腰を上げようとしないのを不審に思って訊いてみたら、望月が言うに——

「三講目に出るためにきてたんやけど、パズルに夢中になっているうちに自主休講にした」

「えっ、二人ともそんな相談はしてなかったやないですか」

「『どうする？』『休もうか』てな相談はしてない。以心伝心、阿吽《あうん》の呼吸というやつかな」

見習ってはいけないコンビネーションが発揮されていたのか。

江神さんはジャケットのポケットから煙草を取り出し、テーブル上の灰皿を引き寄せてから火を点けた。愛飲しているキャビンを一服ふかしてから言う。

「モチ、俺が出した答えを持ってパズル研に報告に行くつもりか？」

「はい。あきませんか？」

「推理研としてはどうかな」

「推理研……としては？」

部長が何を言おうとしているのか、みんな判らない様子だ。僕にも察しがつかなかったが、何か予期せぬ面白いことが始まる気配を感じた。

江神さんは煙草の煙を頭上に吐いて、独白するように言う。

「青い目と緑色の目をした者たちの村。鏡になるものがなく、他人の目について語るのが禁じられているから、誰もが自分の目の色を知らない奇怪な状況。自分が青い目をしていると知ったらその日のうちに消えなくてはならないという不条理な鉄の掟。村に青い目をした者がいることを告げる謎の来訪者」

パズルの設定をおさらいしてから、僕たちを順に見た。

「いったい、この村は何なんや？　どこにある？　いつの時代の話やろう？　異様な掟は何を目的にしている？　正体不明の来訪者はどうしてあんなことを告げた？——わけの判らんことだらけや」

「パズルにはよくあることですけれど」とマリア。

江神さんは指に挟んだ煙草をピンと立て、後輩たちに問い掛けた。

「謎は解けてないやないか。いつ、どこで、どうしてこんなことが起きたのか。推理しよう」

4

天国と地獄の分かれ道に門番がいたり、狼と山羊をボートで対岸に運ばなくてはならなかったり、論理パズルの問題の設定はえてして妙なもので、そこに条理を求めようとする者はいないことを江神さんは承知しているはずだ。なのに、あえてパズルの問題文そのものを謎と捉えて、解いてみようと言う。僕はわくわくしたが、織田の態度は消極的だった。

「いやぁ、それは無茶でしょう。謎ではあるけど、そっちは解けるように作られてないんやから。レストランで料理を平らげた後、『次はこのメニューそのものが食べたい』と注文するようなもんです」

「うまいこと言うやないか。しかし――」望月は目を輝かせている。「無茶をするのが面白い。解けるかどうか、やってみよう。もし、すぱっと解決できたらパズル研の連中の鼻を明かせる」

マリアも興味を持ちだしていた。

「やってみましょうか。私たち、たっぷり時間があるし。モチさんが言うとおり、きれいに解けたらパズル研もびっくりしますよ」

「推理研恐るべし、と思うやろうな」と僕。

みんなが乗り気なのに水を差すのが憚《はばか》られたのか、織田も「ほな、やろか」となって、ゲームが始まる。

「江神さんはもう何か思いついているんですか?」

マリアに訊かれた部長は「いいや」と答えた。

「ない。何か思いついたら、どんどんテーブルの上に並べていくのがええやろう。お前から行け」

唐突に指名された望月は、戸惑うどころかうれしそうだ。

「今までは冴《さ》えてなかったけど、ここからや。望月周平が切れのいい推理を披露しますよ。こっちの謎の方が面白いな。言い換えると、やっぱり俺はパズルには向いてないということやけど」

織田が「ごちゃごちゃ言うてんと、早《はよ》やれ」

「やるわ。——平成元年の日本から懸け離れたこのパズルの世界は、いつのどこなのか？　人権という概念がなかった中世以前と見るのが妥当や。青い目が禍《わざわい》をもたらすという迷信があって、該当者は共同体から排除するという野蛮が罷《まか》り通ってるんやからな。青い目と緑色の目しか出てこんということから、場所はヨーロッパ。青や緑の目が多いのは、どのあたりかな」

「そこまで特定するのは難しそう」マリアが言う。「異端審問をやってた中世より前のヨーロッパということで、先に進んでいいんじゃないですか？　私がイメージするのは中世よりずっと前。紀元前かもしれません」

時代は中世以前ということにしておいて、望月は続ける。

「ここで確認しておこう。俺は今、『共同体から排除する』という表現を遣《つこ》うた。パズル研の出題では、『自分の目が青いと知ったら自殺せよ』という設定やったけど、『村から出て行け』やら他にも色んなバージョンがあるらしい。パズル研の出題に準拠するのを原則にしつつ、本質が変わらんかった細部の変更は可としたい。異議はないな？　よし」

鬱憤《うっぷん》が溜まっていたのか、エラリー・クイーンファンの口から言葉が迸《ほとばし》る。

「鉄の掟というのは、専制君主や独裁的な部族の長で、つまりは絶対的権力者が制定したルール。目の色で人間を選別するというのは、ある人種や部族に対する差別が根底にあると思うんやけど、単純な差別でもなさそうや。迫害や排斥をしたいのなら、『自分の目が青いと知ったら』やなんて微温的な条件をつけて、当人に自発的に消えるように命じるのはおかしい。謎を解くには、ここが難関になる」

彼もよくよく考えをまとめてからしゃべっているわけではないので、ここでひと区切りとなった。マリアが後を引き継ぐ。

「難関は他にもあります。村人たちが、他の人の目の色について決して語ってはならない、というタブーです。目の色云々はものの喩《たと》えで、人種や部族といった生まれつきの属性が問題になっているのなら、それについて口にしてはならない理由が判りません。差別を禁止している社会だったらそういうこともあるでしょうけれど、この世界はその反対みたいなので矛盾が生じます。――どう思う？」

僕に意見を求めてきた。それらしい仮説も浮かばず、おっしゃるとおり矛盾しますね、と言うしかない。

織田がパンと膝《ひざ》を叩き、「どうしたんや？」と望月を驚かせた。

「正解がないと知りながら、パズルのためにでっち上げられた設定を解読しようとするやなんてアホらしい、と思うてたけど、お前とマリアのやりとりを聞いてるうちにこのゲームの面白さが判ってきたわ。問題文に準拠しつつ、一言一句まで愚直に読み解くのではなく、本質的なところを捉えて解釈したらええんやな。この五人にふさわしい遊びやないか」

彼のエンジンが掛かったことを望月は喜ぶ。

議論が白熱する予感のせいもあり、僕は喉が渇《かわ》いてきた。場所を変えることを提案したら、次々に「賛成」の声が上がった。

ラウンジの隣にあるセルフサービスの喫茶室〈ケルン〉に移動して、めいめいが飲み物をテーブルに運ぶ。四講目までは、まだ一時間あった。

「盛り上げておいて悪いけど、ちゃぶ台をひっくり返すようなことを言うてもええか？これまで積み上げたものを崩してしまう仮説がある」

織田が申し訳なさそうに言い、「どうぞ」とマリアが促《うなが》した。

「支離滅裂な状況を、ひと言で説明してしまう仮説や。すべては暴君の気紛れな遊び。意味不明のことに従わせた上で、『自分が青い目だと気づいた者は村を去れ』という命令を下して、村人たちの知的能力を試した」

聞くなり、望月がテーブルをひっくり返す真似をした。

「ゲームに参入してくれたのはよかったけど、最低の仮説と言うしかない。ひたすら安直。知的作業を避けようと無精《ぶしょう》しただけや。何よりも答えとして面白くない。見てみい。アリスなんか怒髪天《どはつてん》を衝いてるやないか」

「怒ってませんよ」

きっぱり打ち消してから、ここで僕は少し脱線したくなる。

「けど、推理の精密さも大事やけど、面白さも無視したくないですね。ほら、ミステリの粗探《あらさが》しをする時と同じですよ」

ミステリの粗探しについては、以前、話題になったことがあり、ここはおかしいという指摘はそれ自体が面白くなくてはならない、という結論が出ている。「犯人はあんなことをせず、こうすればよかった」と言う際、そちらの方が人間の行為として合理的で、かつ意外性があればその指摘は拍手に値するが、「こうする方が合理的」というだけで、実際に作者がそう書いていたら全然面白くないようではよろしくない。場合によっては、僕のような大阪人に「それ、面白いつもりで言うてんの？」と言われかねない。大阪人が軽蔑を表明するフレーズとして、これと「お前、ほんまにアホやろ」は双璧だ。

「アリスには何かないの？　発言が少ないんだけど」

マリアがボールを投げてきたので、何か言わなくてはならない。

「ちゃぶ台を軽くひっくり返すことになりそうなんやけど」

僕が切り出すと、望月が苦笑する。

「ちゃぶ台というのは食事をしたりお茶を飲んだりするためのもので、ひっくり返すためにあるんやないぞ。せっかくやから聴こう。何が言いたいんや?」

「モチさんが、このパズルで表現されているのは中世以前のヨーロッパやと推測して、マリアが同意しましたよね。そうとは限らんのやないですか? 僕にはまるで違うイメージが浮かびます」

「もしかして、遠い昔じゃなくて現代だって言うの? 今の社会の何かの寓意《ぐうい》になっているとか」マリアは、僕の顔をまじまじと見つめる。「それはどうかな。私がお祖父ちゃんから聞いたのは六年前で、もっともっと前からあったパズルに思えるんだけれど」

早とちりしないで欲しい。現代が舞台だとは言っていない。

「掟か何か知らんけど、あまりにも理不尽やのに誰も逆らおうとしない。他人の目の色について語ることが禁止されたら唯々諾々《いいだくだく》と従う。そして、『この村に青い目の者がいる』と言われたらスイッチが入って、論理的に自分の目の色を知り、該当者たちは粛々と退場する。粛々やったかどうかは判らんけど、そんなイメージが湧く。何もかも非人間的や。この村人たちと称される者たちは、人間ではなくロボットなんやないか? つまり、舞台となっているのは過去でも現代でもなく、未来なんや」

思いつきにすぎないのだが、みんなの反応が見たくてこんな一石を投じてみた。「それ、面白いつもりで言うてんの?」は飛んでこなかった。真っ先に応えてくれたのは織田だ。

「全員が非人間的なまでに従順で、スーパーロジカルに行動するのは、ロボットがプログラムどおりに動いているからと、いうことか。ふぅん、判らんでもないな。としたら、すべてを操ってるのは暴君ではなくエンジニアか研究者。あれこれ指示を出して、プログラムどおりにロボットが作動するか検査しているのである……。イケるな」

「……いや、あきませんね」

誰よりも早く僕が難じた。織田にとってはさぞ心外だっただろう。

「なんで言い出した当人のお前が駄目出しするんや。背中から斬りつけられた気分や」

「すみません」と詫《わ》びてから「かろうじて成立する仮説にも思えましたけれど、あんまり面白くないですね。一番まずいのは、『ロボットの検査だった』ということにしたら、どんなパズルのどんなシュールな設定でも説明がついてしまいます。これは推理というより万能の言い訳でしょう」

ずっと黙っていた江神さんが、コーヒーのカップを置いて裁定を下す。

「確かに万能の言い訳かな。他のパズルの設定についても説明できてしまう便利な仮説は却下しよう」

織田は異論を唱えず、合意が形成された。

未来の話ではないか、という仮説を僕はいったん引っ込めることにしたが、別に提起したいことがある。

「さっきモチさんやマリアが言うたように、青い目や緑色の目というのが何かの喩えで、人種や部族の違いを表わしてる、という考え方はアリでしょう。けれど、最初から寓意と決めつけずに、本当に目の色を問題にしているとして考えてみませんか？」

続けたまえ、とみんなの目が静かに促している。

「あのパズルの舞台は中世以前のヨーロッパで、鉄の掟で領民を支配している王様がいたとしましょう。その王様が青い目の人間を排除したくなった。理由は、青い目の何者かが罪を犯したからやないかな。犯人は、その罰として領外へ追放されるわけです」

「犯罪が絡んでくるのは推理研らしくていいんだけれど、それで筋の通った世界観が創《つく》れるかな」

マリアが疑わしげに言い、彼女と僕で検証する。

「『青い目の者は禍をもたらすから出て行け』というのは、王様からの婉曲《えんきょく》なメッセージや。『青い目の者が罪を犯したのは知っているぞ。犯人は反省して、自らこの地を去れ』という意味の」

「王様は犯人を知っているの？」

「青い目をしていることは知ってるんや」

「青い目の誰かまでは特定できていないわけね？」

「うん」

「それって、相当おかしな状況じゃない？　目の色しか掴んでいないというのはどうかしら。犯行現場を目撃した人がいて、『背が高かった』とか『青い服を着ていた』とか言うのなら判るけど、『目が青かったことだけは確かです』なんて証言、あり得る？」

「なくは、ない」

「どういうケース？」

少し間が空いてしまう。ミルクティーを飲みながら僕の返事を待つ彼女。

「たとえば……犯人が忍者のような黒装束に身を包んでいたとしよう。それやったら目の色だけが証人の印象に残ったとしてもおかしくないやろ」

「青い目の忍者ねぇ。で、その証人は他人の目の色について話してもよかったの？　タブーに抵触するけれど」

「犯罪に関係してるんやから、例外的に認められるやろう」

「例外を持ち出すのはずるいな。ひとまずその点は目をつぶるとして――証人は犯人が十人いたのを目撃したわけ？」

危ないぞ、と思いつつ「多分、そう」と答えた。

「犯人は十人のグループだった。そして村にいる青い目は十人。たまたま一致していたのね？」

「青い目の人間たちの、何か事情があって起こした犯罪なんやろうな」

「だから青い目の人は全員追放なんだ。じゃあ、王様が『自分が青い目をしていることが判ったら』という条件を付けたのは何故？　青い目の住人が罪を犯したことが確定しているのなら、『目の青いお前とお前とお前とお前と……は出て行け』と命じたらいいのに」

「それができへんかったんや」

「どうして？」

「王様は……色覚に重度の異常があって、誰が青い目をしてるのかが判らんかったから」

「へえ。王様は色が識別できなかった、と。でも、信頼できる家臣に命じたらよさそうなものだけど」

「あかん。それは無理」

「ふふ。ど、う、し、て？」

僕を追い詰めた気になっているようだが、まだ逃げられる。

「それはやな、王様のプライバシーに深く関わることで、腹心の家臣にも相談しかねたからや。つらかったやろうなぁ、王様。自分の手で事件を処理せなあかんのに、容疑者たちの目の色が判らんかったんやから」

しゃべっているうちに自分の仮説が正しいのでは、と思えてきた。こんな口から出任《でまか》せが的中しているはずはなく、大きな錯覚なのだろうが。

「犯行現場を目撃した証人に犯人を指摘させる手もあるじゃない」

「それだけのことでも王様のプライバシーが危うくなるから、できへんかったんやろう。とにかく、極めてデリケートな性質の犯罪ということや」

「どんな犯罪なのかを――ストップ。モチさんが今、はっと何かに気づいたみたい。ですよね？」

マリアは、先輩たちの表情のわずかな変化も見逃さなかった。望月自身は、軽く狼狽《ろうばい》している。

「二人の応酬に聴き入ってたのに、いきなり発言の機会が回ってきたな。すまん、正直に言うと、別のことを考えてたんや。今晩は何を食べようか、ということやないねんけど、話を逸《そ》らすのは申し訳ない」

「このパズルに関することですよね。そういうのって、その場ですぐに吐き出さないと忘れてしまいますよ」

「マリアがそう言うんやったら話すけど、大したことやないぞ。この王様――そう呼んでおく――が本当に処罰したがってるのは、緑色の目の村人やないかなぁ」

「どういうことですか？」

「青い目の全員を村から出した後、緑色の目の人間に厳しい罰を下そうとしているのかも、と思うたんや。その罰が残酷なものやから、無垢《むく》で心優しい青い目の村人にはまったく知られないようにしとうて、迂遠《うえん》な方法を選んだ」

「ミステリ的などんでん返しではありますね」僕は認めた。「ただ、全体としては、まとまりのない変な話にしかならないような……」

先輩への遠慮から、語尾を濁さずにいられなかった。織田も否定的な態度を取る。

「目の色で善悪が決まるというのが納得しづらいな。アリスとマリアが言い合《お》うてたみたいに、ある色の目の人間が犯罪を犯したから、というのやったら判るんやけど」

望月もその見解を受け容れ、マリアと僕のやりとりに戻っていく。

「青い目が悪いことをしたのか、本当は緑色の目が悪いのか、どっちかは棚上げしましょう」マリアは話を整理しようとする。「ことの核心にある悪いことって、何なの？アリスに訊きます」

王様のプライバシーに関わると言ってしまったから、その線で考えなくてはならない。解決するのに内密を要する犯罪。王様の隠し財産を宝物庫から盗み出したとか？　専横をほしいままにできる王様に隠し財産というのはしっくりこない。

発想を転換しよう。王様自身が被害者なのではなく、王様にとって大切な人物が危害を加えられたのかもしれない。家族が酷《ひど》い目に遭《あ》ったのだ。たとえば、王妃や王女が犯人グループに不埒《ふらち》な暴行を受けた——というのなら処罰を下すにあたっても秘密にしたがりそうだが、ゲームの解答として愉快ではないので、王子に被害者になってもらおう。

「青い目の十人が、王子様をぼこぼこにしたんや。圧政を布《し》く王様への不満が爆発して、息子に矛先《ほこさき》が向いたんやろうな」

マリアは虚を突かれたようで、僕の返答を反芻《はんすう》する。

「王子様をぼこぼこ……。忍者みたいな装束で闇討《やみう》ちにしたの？」

「そう。忍者スタイルの集団に襲われたから、犯人が青い目をしていたことしか判れへんかったんや。王子様はからくも逃れて、酷いことをされた、と王様に泣きついた」筋が通って行く。「王様は激怒。息子が一方的にやられたことを公《おおやけ》にするのが屈辱的やったから、自ら犯人たちを処罰しようとする。翌日に村人を集めて、青い目をした者たちの中から犯人を割り出そうとしたんやけど、自分は色覚異常だったので、できない。『息子よ、お前が不届きな者どもを指差せ』と言っても、ぼこぼこにされた王子様は恐怖のあまり犯人と対面するのを拒んだ」

「王子、だらしがなさすぎ」

「こうも考えられるぞ。王子様は『青い目にやられた』と言い残して、死んでしもうたんや」話の成り行きで王子を殺してしまったことに一抹《いちまつ》の罪悪感を覚える。「『犯人は十人いた』と人数も言い残したかもしれへんな。そこで王様は、息子のダイイングメッセージに基づいてこう命じたんや。『自分が青い目をしていると判った者は、その日のうちに村を出て行け！』」

……最後がおかしい。

5

「どこから突っ込みますか？」

マリアは先輩たちに問い掛け、望月がわざとらしく指を折る仕草をする。織田は一定の評価をしてくれた。

「アリスは健闘したんやないか？　王子様闇討ち事件というのは面白いし、王様が内々で事件を処理しようとする必然性もある。色覚異常も許容範囲としたい。村から追放という処罰は、専制君主にしては穏便な措置に思えるけど、自分や息子にも落ち度があったからやとしたら、物語としてのふくらみも出るやないか」

「弁護側の主張はそれで終わりか？」

望月が乗り出してきた。うれしそうに笑っている。

「アリスはがんばってくれたけど、説明がつかんところが多々ある。その穴をふさいでもらおうか。――村に伝わる鉄の掟が、いつのまにか王様の命令にすり替わってるけど、そこはええわ。伝説化され、パズルに仕立てられていく過程で変容したんやろう。説明してもらいたいのは、村に鏡やそれに類するものが存在せず、村人全員が自分の目が何色かを知らない、という奇妙な状況の理由や。他人の目の色について語ってはならない、というタブーの意味も教えてもらいたいな。フレイザーの『金枝篇《きんしへん》』にも載ってへんやろう、そんな風習。そのタブーさえなかったら、色覚異常の王様は『この中で青い目をした者は誰だ？』と村人たちに尋ねるだけでよかった。緑色の目の村人が『こいつです。こいつも』と答えてくれたんやから。顔が映るものが村にない理由。タブーの意味。この二つの謎について、どう答える？」

クリティカルなパンチが二発繰り出された。織田もかばい切れず、僕はダウンして立てなくなった。

マリアは、そこに幻の虹でも見たかのように喫茶室の片隅に視線をやって、うっとりした口調で言う。

「逆に言うと、モチさんが言った二点をクリアすれば正解が見えてくるんだわ。鏡がない理由。タブーの意味」

このへんで部長の推理が聞きたくなった。誰しも同じ想いだったらしく、望月が代表で尋ねる。

「江神さんの推理はまとまりましたか？　煙草をふかしながらの長い沈黙で貫禄は充分に示してもらいましたから、そろそろ真打のお言葉を」

請われた江神さんは煙草を灰皿で揉み消し、語りだす。真打の推理はまとまっていたのだ。

「マリアとアリスのやりとりは参考になった。おいしいところを使わせてもらう」

どこがどう参考になったのか判らないが、部分的にでも採用してもらえるのなら光栄だ。

「モチが言うた二つの謎については、ずっと考えてた。青やら緑やら目の色が物語の中心に据《す》えられてるようやけど、自分の目の色というのは、〈自分自身では絶対に感知できない何か〉の象徴なんやろう。〈感知できない何か〉であって、〈見られない何か〉とは限らん。村に鏡や澄んだ水がないという不思議な設定は、〈感知できない何か〉を〈見られない何か〉に変換する際に無理が生じただけや。鏡がないからすべての村人は自分の目の色を知らないというのは、われながら苦しい、と設定を考えた作者も思うた箇所やろうな」

自分の目の色とは、〈自分自身では絶対に感知できない何か〉の象徴——という見方は、しごくもっともに思えた。言われてみればそのとおりで、自分の目の色を知らないまま生きるなんて不可能で、そんな人間がいるわけはない。何かの象徴なのだ、象徴。青い目だけを出す忍者スタイルの集団による闇討ちとは何だったのか？

「〈感知できない何か〉ですか。そんなふうに言われても、摑みどころがないんですけど」

その感情を表現するため、マリアは虚空《こくう》を両手でまさぐる。細い指が繊細な動きをしていた。江神さんは焦らす。

「さぁ、何なんやろうな。しかし、人間は自分のすべてを完璧に知っているわけではないやろう」

織田の表情は微妙だ。僕とは反対で、しっくりこないと見える。

「自分についても理解できんことがあるのは判ります。世の中には自分探しという言葉があるぐらいですからね。江神さんが言わんとしてるのは、そういう自分の真の姿みたいなもののことですか？　自分でも知ることができず、他人もつべこべ言えない精神的な領域」

部長にとって、これは予想外の反応だったらしい。

「自分の真の姿か。俺はそういう形而上《けいじじょう》的な話をするつもりはなかった。後でがっかりせんといてくれよ。——王様が統《す》べる村というのも妙やけど、今さら領主や王国という言葉を持ち出すのも違和感があるから、王様と村で物語を創ってみるか。アリスの仮説を土台にして」

青い目の忍者はお呼びでなくても、やはり僕の仮説が役に立つらしい。

「専制的な王様がいる村で、王子様がぼこぼこにされる事件が発生した。王様の暴政への抵抗か、あるいは王子の人格に問題があって起きたのか。どっちでもええな。王様はお怒りになったが、自分もしくは息子にも非があるために後ろめたく、ことを大っぴらにしたくなかったことにしよう。手掛かりがあったので、王様は自ら下手人を裁くことにした。手掛かりとは王子様のダイイングメッセージなんやが、それは目の色ではない」

目の色ではない、と言い切る根拠もないはずだが、目の色が手掛かりだと無理のありすぎる物語しか創れなかった。この難所を江神さんはどう突破するのか？

「ぼこぼこ王子が遺した手掛かりは犯人の顔や名前ではなく、『犯人は全員が××だった』ということ。暗所でぼこぼこにされたから、情報が乏しいのは仕方がない。この××に入るものこそ、さっき俺が言うた〈自分自身では絶対に感知できない何か〉ということになるんやけど、当然それは自分で計れる身長や体重ではない。歩き方や話し方など、自分の癖には無自覚であることが多いとはいえ、気づくことが可能だから、〈自分自身では絶対に感知できないもの〉の隠喩《メタファー》にならない。かといって、自分の真の姿といった概念でないのも明らかやろう。暗闇で殴られながら、こいつらみんな内向的で自己肯定感が低い、てなことを王子様が察知するはずもない。××が何かという謎を解く鍵は、お互いに目の色について話してはならない、という不可解なタブーや。××は社会通念に照らして口にしてはならないこと。社会通念と言うても、いつの時代のことか定かでないけど、常識に沿って普遍性のあるものを考えよう。『あなた、耳の裏に黒子《ほくろ》がありますね』という類《たぐい》の些事《さじ》は当て嵌《は》まらない」

正解の近くまで江神さんが導いてくれた気がする。〈自分自身では絶対に感知できない何か〉さえ判れば、壁を突き崩せそうだ。

「江神さん、答えを」

マリアが頼んだ。

「自分の真の姿という哲学的なものではなく、実に卑近《ひきん》な答えで気が引けるけど、聞いてもらおう。俺が考えたのは体臭や」

「タイシュウ……？　体の臭《にお》いということですね？」織田がご丁寧《ていねい》に脇の下に手をやって言う。「自分のものでありながら自分では気がつかず、他人のそれを指摘するのもマナーに反する。自分の体臭を絶対に感知できへんかどうかは議論の余地があるかもしれませんけど、一応、設問の要件を満たしてますね」

江神さんは推論を進める。

「食べるものや生活習慣によるものか、職業に付随するものなのか、色々と考えられるけれど、とにかく体から立ち上る臭いで、本人には非常に気づきにくいもの。遠い昔の異国でも、それを指摘するのは礼儀に反した。——ここ、ええな？」

その時代、その土地、その人々ならではの臭いがあったのだ、ということにした。そんなものはない、と断じることはできない。

「では、〈自分では絶対に感知できない何か〉は体臭だということにして、失われた物語を再構成してみる」

王子様が襲撃された。殴りかかってきた連中は顔を隠しており、声も出さなかったので何者なのかは判らなかったが、全員が体臭を発していた。翌朝、王子様は王様に事件について告げたものの、記憶にあるのと同じ体臭がする人物を突き止めるために村人たちの前に出ることはなかった。恐怖や羞恥《しゅうち》のためだったのかもしれないし、深手によって死んでしまったからかもしれない。王子様は表に出られなくなったので、王様だけが犯人探しにあたるが、困ったことがあった。

「王様の嗅覚には異常があった。無嗅覚症だったんや。そういうものがあるのは、知ってるな？」

僕たち全員にその知識があった。

「唯一の手掛かりである犯人たちの体臭を嗅ぎ分けられる王子様は出てこられない。自分は臭いが感知できない。さて、どうするか？」

マリアが、すっと手を挙げる。

「打つ手はあります。他人の体臭を指摘するのはマナー違反ですけれど、王様が適当な理由を作って村人たちに命令すればいいんじゃないですか？　『王宮に泥棒が入った。犯人は体臭がする者だ。該当者を突き出せ』と言われたら、村人たちは従うと思います。泥棒の逮捕は日常生活を円滑にするためのマナーに優先するので」

「命令を下すことはできたとしても、村人たちが素直に従うという保証があるか？　王様が信望を得てなかったら、『馬鹿正直に本当のことを言う必要はない。泥棒に入られてザマミロだ』となることも考えられる。平素の行ないは大事や」

特に王たる者には徳が必要ということか。

「困ってしまった王様はどうしたか？　ここで登場するのが来訪者や。この来訪者が何者なのかも謎であることを、俺はあらかじめ提示しておいたのに、誰も考えようとせんかったのは遺憾《いかん》と言うしかない」

――この村には青い目をした者がいることを告げる謎の来訪者。

確かに、江神さんは来訪者が謎の存在であることを指摘していた。僕たちは黙殺したわけではなく、議論がそこまでたどり着かなかったのだ。

望月の鼻息が荒くなった。

「来訪者の正体も江神さんは摑んでるんですか。すごいな。どう考えたらそんなことができるんです？」

「すごくもない。ここまで物語ができてきたら自明やろう。犯人探しに行き詰った王様が頼ったのは——探偵」

ミステリファンにとってあまりにも馴染《なじ》み深い言葉なのに、思わぬ文脈でいきなり出てきたものだから、背筋が微《かす》かに顫《ふる》えた。何の捜査も推理もせず、村人たち全員が口に出さずとも知っていたことを指摘しただけの人物が、まさか探偵だったとは。

「プライバシーを守りながら問題を解決するために、王様は信頼できる切れ者にこっそりと相談を持ち掛けた。探偵の役割を演じることになる切れ者が、村人たちと対面して鼻をくんくんやれば済みそうなものやけど、できない事情があったんやろうな。遠方にいて駈けつけられないとか、折悪《おりあ》しく病床にあって出歩けないとか。そこで探偵は、村に赴《おもむ》くことなく犯人を突き止める方策を講じる」

再び驚いた。ただの探偵ではなく、話を聞いただけで謎を解いてしまう安楽椅子探偵だったのか。

ここで江神さんはいつにない芝居っけを発揮し、探偵になり切っての再現が始まる。

「陛下を悩ませている問題は解決可能でございます。『自分に体臭があると判った者は、その日のうちにいったん村の外に出よ』とお命じください。体臭のある者が処罰されるのか褒美《ほうび》が与えられるのかが判らぬように、理由は伏せたまま。どう動くべきか村人たちは迷うでしょうが、偽《いつわ》りが後に判明して罰せられることを恐れ、命令に従うはずです。しかし、おのが体に染みついた臭いというのは自分では判らないもので、はたして自分はどうなのか、皆の者は困惑するでしょう。『お前は臭うぞ』と他者に指摘して、告げ口の怨《うら》みを買うのも怖い。そんな状況ができ上ったところで、こうお付け加えください。『この中に、体臭がする者がいることを余《よ》は知っている』とだけ」

それだけセッティングすれば、さっき江神さんが言ったドミノ倒しが始まり、該当者は村の外に出る、というわけか。なんと凄《すさ》まじい論理の罠《わな》。

江神さんは芝居をやめ、素《す》に戻る。

「自分には体臭があると気づいて村の外に出たのは十人。王子様の証言と人数が一致したのは幸運と言うしかないな。もしも十一人以上いたら、そこから無実の者を篩《ふる》い落とすために、探偵はもうひと手間かけなくてはならなかった。かくして犯人は明らかとなり、王子様の無念が晴らされることとなったのである。——閉幕《カーテン・フォール》」

最後は気取ってみせる部長であった。

かつて地上のどこかでそんなことがあったとは信じられない。その故事がシュールなパズルと化して今日にまで伝わったなんてよけいに考えにくいが、江神さんは一編のミステリとして完結させてしまった。ミステリは、この地上のものだ。

そして——でき上った物語に出てくる村人たちも探偵も、とても人間とは思えないほど論理的に動き、ロボットを想起させる。しかし、この物語を創った江神さんも、結末に歓声を挙げた僕たちも、紛れもなく生身の人間なのだ。

「解けた。あんな変な話がミステリになるとは」

織田が腕組みをして唸っている。

「江神さんがすごいけど、みんながんばった。団結力の勝利や。考え始めてから解けるまで一時間もかかってないぞ。濃い時間やったなぁ」

満面に笑みを浮かべる望月だったが、にわかに表情が強張《こわば》った。どうしたのかと視線の先をたどると、どこかで聞いたような風体《ふうてい》の男女が喫茶室に入ってくるところだった。このタイミングで天童賢介と北条博恵が登場したのだから、望月ならずとも驚く。しかし、歓迎すべきハプニングだった。

「これはこれは。推理研の皆さん、お揃いでミーティング中ですか。学祭の反省会？」

巻き毛の会長が言う。嫌味と言われてみればどことなく嫌味だが、普通と言えば普通の話しぶりだ。

「うちは学祭には参加してないから、無駄話に花を咲かせてただけです」

まず織田が応え、望月が後を引き受ける。

「例のパズル、楽しませてもらいました。答えはすぐに出たんで、問題文から物語を創って遊んでたんです。コーヒーブレイクのいいおやつになった」

何のことか、と怪訝《けげん》そうな二人に、望月はでき上ったばかりの物語を機関銃のようにまくし立てた。パズル研の二人は圧倒された様子だ。何に圧倒されたのかはよく判らないが。

「あれはパズルで、本当にあった出来事をモデルにしているわけではないんだけれど……」

まさか、そんなことも判っていなかったのではあるまいな、と会長は言いたげだった。

「もちろん、それは承知の上での遊びですよ。僕らは、こんな粋狂《すいきょう》なことが好きなんです」

「やっぱり推理小説とパズルは違いますね。似て非なるもの。楽しんでもらえたのなら、よかった。——じゃあ」

天童は「あっちにしようか」と副会長に言って、空いた席に向かう。ヒロちゃんは、こっそり笑っていた。僕たちの遊びを面白がってくれたのだろう。

「われわれの勝利と言うことやな」

「勝った負けたは、どうでもええやないか。楽しんだんやから」

望月と織田が真顔で言い合う。江神さんは最後の一本をくわえ、パッケージを握り潰した。

「アリス、そろそろ」

「やな」

話に熱中しているうちに四講目が始まる時間が迫っていた。「勉強もしっかりな」という先輩たちの声を背に受け、喫茶室を出る。

学生会館を出て、キャンパスの西門前の信号を待つ間、マリアは何故か神妙な顔で黙っていた。ゲームの時間の余韻に浸《ひた》っているのではなく、心は別のところに飛んでいるようだ。信号は赤になったばかりで、なかなか変わらない。

「どうかした？」

うるさがられるかな、と思いながら訊いた。

「何でもない」

彼女はわずかに伏せていた顔を僕に向けてから、曇《くも》りがちの空を見上げた。

「お祖父ちゃんに報告していただけ」

2020年のロマンス詐欺

辻村深月

コロナ禍でのストレス？　大学生が会社員を暴行

飯能《はんのう》署は、5月24日、埼玉県飯能市の住宅で、この家に住む会社員・隈井《くまい》健也《けんや》さん（47歳）への傷害の疑いで、東京都内に住む大学生の男（19歳）を逮捕した。

逮捕容疑は24日午後3時47分頃、隈井さんの自宅の庭に男が侵入し、棒のようなもので隈井さんの頭や肩などを複数回殴って全治約6日間の怪我を負わせた疑い。男は逃走したが、その後、午後6時20分頃、東飯能駅にいるところを巡回中の警察官に発見され、逮捕された。容疑については概ね認めたものの、「詳しい話はしたくない」と黙秘を貫いている。

飯能署によれば、隈井さんと男に面識はなく、犯行動機については不明。捜査関係者の話では、逮捕された男は、3月に山形県から大学進学のために上京してきたばかり。

新型コロナウイルスの影響で休校になり、家に引きこもっていたストレスから無差別に犯行に及んだ可能性もあると見て、飯能署は慎重に動機を調べている。

——埼玉日報　5月25日朝刊

◆

まさか、こんな2020年の春が待っているとは思いもしなかった。

せっかく入った大学の入学式が飛ぶなんて。新歓コンパや授業やサークル活動、バイトすら始められないキャンパスライフなんて、想像もしなかった。

——今月の仕送りが半額になる、という電話を、加賀耀太《かがようた》は、半ば呆然と、半ば仕方ないという諦めの気持ちとで受けていた。

四月十四日。緊急事態宣言が出されて、ちょうど一週間が経った日の朝のことだった。

『耀ちゃん、ごめんね』

母親が電話の向こうで、申し訳なさそうな声を出す。そうされると、考えるより先に反射的に「いいよ」という声が出ていた。

「大丈夫だって。ひとまずそんなに金使うこともないし、心配しないでも」

『だけど……』

母親が絞り出すように言うのを聞くと、胸がぎゅっとなった。実家にいる時はなんとも思わなかったけれど、距離ができてから、親の声が前と違った聞こえ方をする。なぜだろう。自分はそんなにいい息子でもなかったし、母たちだって特別子どもを思ういい親って感じじゃなかったのに。

耀太の両親はもともと、息子にどんな進路に進んでほしいという希望が強くあったわけではなかったようだ。二人で、地元で評判のいい定食屋を営んでいるが、継いでほしいと思っている様子もない。大学進学は、周りもみんな受験するから、と耀太が深い考えもなく希望して、それで叶った。

皆より少し早く推薦入試で受験して、晴れて合格をもらった時、耀太は飛び上がるほど嬉しかった。地元のことは嫌いじゃなかったけれど、どこか違う環境に――東京に行ける、という新しい予感に胸が高鳴った。

地元に残る同級生たち――特に、ずっと隣の席だった横井《よこい》陽葵《ひまり》が「いいなあ、オリンピックが始まったら、加賀くんのところに遊びに行ってもいい？」と聞いてきた時には、大袈裟《おおげさ》でなく、この世の春だと思った。「いいよ」となるべくそっけない様子を装って答えた耀太の前で、周りの奴らが「てか、チケットないだろ？」と陽葵に言うのを、余計なこと言うなよ！　という思いで聞いていると、陽葵が「でも、行ってみたい」と微笑んだ。

高い位置で一つに結んだポニーテールの髪が、抜群に似合う。色が白いせいで鼻の頭の周りに薄茶色のそばかすが細かく散るのも、厚みのない頬っぺたも、陽葵の全部が好きだった。

「たとえ観戦できなくても、オリンピックしてる時の東京はきっと特別だよ。その雰囲気を味わってみたいんだ」

横井陽葵とそんなふうに話していた一月には、新型コロナなんて、まだ海の向こうでだけ起こっている特殊な出来事だという気がしていた。

三月になって、学校の一斉休校が発表されても、四月にはあらゆることが再開されると信じていられた。下宿するための、大学にアクセスがいい場所にある手ごろな物件は、三月までに借りておかなければなくなってしまう、という周りからの忠告を受けて、ひとまず部屋を借り、上京して——耀太は今に至る。

四月になっても大学は始まらなかった。それどころか、感染者数もどんどん増えて、緊急事態宣言が出され、いよいよ、世の中全体が動きを止めてしまった。「ステイ・ホーム」の言葉が、すっかり社会全体に浸透し尽くした。

感染者がまだ一日あたり一桁しか出ていない実家の山形でも同じだった。東京にいると、それくらいの状況なら店は開けていてもいいんじゃないかと思ってしまうけれど、父と母の定食屋も緊急事態宣言の次の日から営業を休んでいる。休む、と聞いてはいたけれど、まさか、それがこんな形で、東京にいる自分にもダイレクトに影響してくるとは、夢にも思わなかった。

東京のL大学への進学が決まってから、父と母は閉店後の食堂で長く話し込んでいた。二人が囲んでいた後のテーブルには、通帳や「学資保険」と書かれた何かの書類がたくさん広げられていた。二人とも、耀太に見せるつもりはなかっただろう。だけど、見てしまった。

入学金と学費と、高くなければ家賃と光熱費くらいまでならどうにか仕送りできる、と父に告げられた。「だけど」と父が続けた。

「生活費はバイトして、自分でどうにかできるか？」と聞かれ、「できる」と耀太は答えた。その声に、ほっとしたように、母が頷いた。

「他のことは何にも仕込んでないけど、耀ちゃんは店の仕事を見てたから、飲食店ならきっと大丈夫よね」

その母が、今、電話口でか細い声を出しているのを聞くといたたまれない。だから、殊更《ことさら》明るい声を出す。

「大丈夫だって。すぐにバイトも見つけるから」

『でも、今は大変でしょう？』

よかれと思って出した声に、母がより心配した様子の声を返してくる。

『耀ちゃん、バイトは居酒屋とか定食屋を探すって言ってたじゃない？　でも東京都も休業要請でお店を閉めてるところが多いみたいだし、今は前から働いてた子がどんどん辞めさせられてるって聞いたよ。この間だってテレビで若い子が――』

「あー、だから大丈夫だよ。飲食以外でもすぐに何か見つけるし、てか、母さん、テレビばっか見すぎ」

さっきまで、母の声にホロリときてたのに、すぐにこっちのイラつくツボを突いてくる。ああ、実家との電話ってこうだったと思い出し、優しい声を出したことを後悔する。だいたい、実家が定食屋だからバイトは飲食店がいいなんて、親たちが言ってるだけで、耀太から言った覚えは一度もない。

とはいえ――どうしようか、という思いはあった。

バイトが見つからないのは事実だった。ネットで探したファストフード店の面接は、一度採用をもらったはずだったのに、働き始める直前で、「やっぱり今は」という断りの電話が来た。

「こういう時だし、今は、未経験者は採用できないということになって」

釈然としない気持ちだった。募集には「未経験者、大歓迎」と書いてあったのに。

その後、「今は通販が需要がある」とニュースで聞いて受けにいったオンラインショップのサイトを作る仕事では、面接してくれた三十代半ばぐらいの男性から、「この春に山形から出てきたばかりなの？　大変だね」と声をかけられた。皆、耀太がこの春の新入生であることを知ると、決まって定型の挨拶《あいさつ》のようにそう言う。その同情が優位に働くなら、と、この時の耀太は自分から続けて言った。ええ、実家の両親の仕事も大変で、仕送りが期待できないので、だから、自分でどうしてもバイトを探す必要があるんです――。

するとその面接官の男性が「え、でも」と耀太と履歴書を見比べた。入学式用に持ってきたまま出番のなかった、親父に借りた襟《えり》付きのシャツを着た耀太をちらりと見る。

「両親に学費は出してもらってるんでしょ？」

「あ、はい」

「パソコンやスマホだって、親に買ってもらったんでしょう？　下宿先の家も親に借りてもらってるんだよね？　それで贅沢《ぜいたく》言ったらダメだよ。仕送りなんて期待しないで働くのはある意味、当たり前のことで」

ある意味、の他に、どんな意味があるのか。日本語がうまく理解できないまま、面接官は自分一人が納得したように小さく頷いて、耀太に「がんばってね」と言った。

「今は学費を自分で稼ぎながら大学に通う子も多いみたいだから、君は恵まれてる方だよ。今は大変な時期かもしれないけど、がんばって」

がんばって、は自分に関係ない他人だと見なしたからこその突き放した言葉だったのだろう。耀太は不採用だった。

急いで次を受けなくてはならないことなんて、耀太もわかっている。だけど、その二つのバイトを落ちてしまったら、自分には本当に何の価値もないような気がしてくる。資格や経験のないバイトを雇う余裕がないこと、経験者だって仕事を切られていることくらい、母に言われるまでもなく、耀太だって知っていた。家にいて、ネットばかり見てしまうから、よくわかっている。

電話の向こうの、母の声は続いていた。

『今、東京に一人でいるのは大変かもしれないけど、でも、バイトが見つからないこと、こんなこと言ったらアレだけど、お母さんたちには少し安心』

「なんで？」

『だって、外に出るのは怖いでしょ。東京は今もすごい感染者数だし、家でおとなしくしていられるなら、バイトは落ち着いてからでも』

どう答えていいか、わからなかった。

母からの電話に出る前、自分がほとんど声を発していなかったせいで、最初の第一声が満足に出せずに、咳払いを何度か繰り返したことを思い出した。毎日、誰とも話さないせいで、喉が発声の仕方を忘れていたのだ。

『必要なものがあったら、なんでも送るから。いつでも連絡してね』

母の声に、耀太はただ「うん」と頷いた。電話が切れた。耀太はそのまま、ところどころ擦り切れた古い畳の上、もうずっと敷いたままの薄い布団に向け、スマホを持ったまま突っ伏した。

わかってる。一人で、家にいる。

噛み締めるように思うと、胸が思い出したように痛んだ。さっきまで電話していた両親の顔を思い浮かべる。もう一月近く休んでいるという彼らの店のことも。東京の大学に息子を行かせるなんて、うちの両親は本当に考えてみたこともなかったはずなのだ。

なのに、あの人たちが耀太に進学を許した一番の理由。それは耀太ができたからだ。あの息子が東京の、そこそこ知られた大学に行けるほど勉強ができる、ということを、あの二人が誇らしく、嬉しく思ったからこそ、無理をして自分が送り出されたのだということを、耀太はきちんと理解していた。

こんなキャンパスライフになるなんて、思わなかった。それどころか、せっかく東京に出てきたのに、まさか、何があっても不動の確定案件だと思ってたオリンピックとかパラリンピックまでなくなるなんて。延期になって、陽葵が耀太を訪ねてくる未来ももう、まったく見えない。そもそも今の東京に、山形から知り合いなんて絶対に来ない。

来られない。

その時だった。LINEの着信を報せる、軽やかな音が響いた。

ノロノロと顔を上げ、まだ熱が残るスマホの画面を開くと、意外な相手からメッセージが来ていた。地元の幼馴染の、奥田甲斐斗《おくだかいと》。中学まで一緒で、高校以降は進路が別々になったけれど、幼馴染だから今もなんとなく連絡を取っている。中学では、所謂遊んでいるグループの奴らとよくつるんで髪を染めたりしていたタイプだ。

LINEのメッセージを開くの自体、久しぶりだった。

地元に残ったクラスメートたちが、のんびりと互いの近況を話したり、コロナ禍で励まし合ったりしている様子を見るのがつらくて、最近では、高校の仲のいいメンバーで作ったグループLINEをすっかり見られなくなっていた。

バイトも大学も、スマホの向こうの友達も、今は、世の中のすべてが、耀太なんていなくてもいいと思っていそうに思える。

甲斐斗は一体何の用なのか——画面をタップすると、メッセージが飛び込んできた。

『ヨウタ、おひさ。今、ひま？　オンラインでできるバイトあるけど、しない？』

◆

バージョンが最新より三段階くらい前の中古のスマホ、同じく最新ではないノートパソコン、そして、たくさんの名前とアドレス、アカウントが並ぶ表データが入ったUSBメモリ。

オンラインでできる簡単な仕事、として紹介されたのは、その表に並んだアドレスやFacebookのIDに片っ端からメッセージを送り、簡単なやり取りを続ける仕事だった。

しばらく連絡を取っていなかった甲斐斗は、山形県内の私立大学の一年生になっていた。耀太と同じく入学式も授業もなく、今は、彼の〝先輩〟に紹介されたこの仕事で食いつなぐ日々だということだった。

つながったスマホの向こうで甲斐斗が教えてくれた。

『割がいいバイトだから本当は人に教えたくなかったんだけど、オレの分のノルマが達成できなくてさ。そういえばヨウタも大学今休みなんじゃないかと思って、もし暇してるんだったらって連絡してみた。あ、とごめん。そういや大学、どこ行ったんだっけ？』

東京のL大学、一人でもう上京してきてしまった、と話すと、甲斐斗が『ウケる！』と言って盛大に笑い出した。

『マジ、孤独じゃん。ひょっとして友達とかもまだ作れてない？』

幼馴染の気安さからそう笑い飛ばされると、おざなりに同情されるより、不思議と心地よかった。「ほんとマジ、孤独だよ」と軽い言葉を返す自分のことも、むしろすがすがしく感じる。

『先輩に話したら、ヨウタ、スカウトしてもいいってことになったから、仕事道具、送るわ。試しにちょっとやってみてよ』

翌々日に届いた中古のスマホとパソコンには、何かの番号が書かれた緑色のネームシールが貼ってあって、いかにも会社の備品、といった雰囲気だった。スマホもパソコンも、仕事用とはいえ、こんなにあっさり与えられることに驚いていた。実家にいた頃は親にねだって買ってもらうのにあんなに苦労したのに、大人ってすげえ、みたいな気持ちになる。

『表のアドレス、百件送ればだいたい一万円もらえるよ。それも最初の一回が返ってくるまではある程度コピペでこまごまと直すだけでいいし、返事が来たら、そっからは丁寧《ていねい》に自分でメール書く。で、二回目以降のやり取りは、回数が重なれば重なるほどに金がよくなる。楽勝っしょ？』

「この表は何なの？」

『ひっかかりやすい人のリスト。これまで何回か恋愛系のサイトとかにアクセスしたことがあって、反応よかったり、そこから結構値段するものを買ったりとかした相手をまとめてあんだって』

「ものを買ったりって……」

『なんか、ご利益あるブレスレット？　とか、幸運呼ぶ系の。ほんと高いんだよ、七万とかするやつ』

「え！」

思わず声が出た。ブレスレットに七万。耀太の仕送りよりずっと多い。アパートの家賃を払っても十分に一ヵ月生活できそうな金額だ。アクセサリー一つにそんな大金を払う人がいるなんて、しかもこんなにたくさん──と信じられない思いだった。

「そのブレスレット、ホントに効果あんの？」

『さあ。先輩の話じゃ、効果あるかどうかはともかくとして、その時点で金を出すか出さないかは自分が決めてるわけだから仕方ないって』

甲斐斗が、くっくっと笑う。その声を聞いて、少しだけ心配になった。

与えられたリストには、男性、女性、それぞれの性別が書かれている。相手に向けて、異性になりきったメールを打ち、「よければ友達になりませんか」とやり取りを始める。パソコンの中にはマニュアルのデータもあり、中に、数種類の模範文面のようなものが保存されていた。

相手にFacebookやTwitterのアカウントがある場合には、そのプロフィールのどんなところに惹かれたかなどを、一人一人に沿った内容を加えながら好意がある旨を伝え、親しくなっていく。相手に示すための、「自分用」の偽の顔写真やFacebookのアカウントもあった。

名乗るように言われているのは、六本木にオフィスを持つIT企業の社長だ。「大倉《おおくら》誠吾《せいご》」という名で、スーツを着た、いかにもイケメン然とした三十代前半くらいの男性の写真があった。爽《さわ》やかな見た目で、いかにも鍛《きた》えていそうな外見。恋人候補はたくさんいるけれど、誰のことも上辺だけで見てしまい、真に心を開ける相手に飢えている、とある。「大倉誠吾」は、おそらく、もちろん実在しない。ただ、その顔写真が、耀太を面接で落としたあのオンラインショップの面接官と少しだけ似ている気がして、胸がちょっとモヤついた。

女性の方は、音大生。「渡辺彩美《わたなべあやみ》」という名前で、今年留学する予定だったものが、コロナの影響でできなくなり、人生に生きる意味を失っている、とある。こちらも写真はアイドルと見まがうような美少女だ。

犯罪ではない、という話だった。犯罪だったら、そもそも耀太を誘うわけがない、とも。では何のためにメッセージを送るのか、と尋ねると、甲斐斗の声が『あ、わっかんねえの？』とちょっとめんどくさそうになった。

『最終的に金の話になるかもしれないけど、それはメールのやり取りが進んだ後に、オレたちの先輩とか、別の人たちがすることになってる。そこまでのやり取りはいくらやったって普通にメールしてるだけだから、別に犯罪じゃないわけ。出会い系のアプリとかでもさ、かわいい女がたくさん登録してるけど、あれのほとんどがサクラだって知らない？　あれだって別に犯罪ってわけじゃなくて、彼女たちはアプリの企業に合法で雇われてるだけだしね』

「そっかぁ」

内心ドキッとした。上京してきて、知り合いができない中、誰かと仲良くなれないかと、それ系のアプリを入れようかどうか、迷いながら眺めていたことが一度や二度じゃないからだ。だけど、そうか、気をつけなくちゃな、と肝に銘ずる。

『ヨウタは真面目だし、純粋だからなぁ。そういうの、心配かもしれないけど、大丈夫だから』

昔から、甲斐斗に言われる。耀太は純粋。――世間知らずだと言われているようで、そのたび、耀太は甲斐斗の前ではそんなことない、と背伸びしてしまいたくなる。今も、これ以上何か質問したら、またそんなふうに「純粋」だと言われてしまうだろうか、と気になって、聞きたいことをそれ以上聞けなかった。すると、心の内を見透かしたように、甲斐斗が言った。

『大丈夫。オレの先輩も言ってたけど、商品を買う形だったら買う買わないを選ぶのは本人だし、犯罪にはならないから。オレ、先月はこれで十五万稼いだし』

「十五万⁉」

声が上ずった。電話の向こうで、甲斐斗が笑う。『ヨウタもすぐだよ』と彼が言った。

十五万――という言葉が甘く胸を揺らす。月に十万以上稼げるなら、親には仕送りは止めてもらっても大丈夫かもしれない。

定食屋を休んでいる、もうずっと、というのが気になっていた。これまで長く店を閉めたことなどないのに。親が再び店を開けられるのがいつになるかもわからないとしたら、耀太がこのまま四年間、大学に通い続けられる保証はないのだ。十五万、という数字は、その先に、四年間の学費が十分に想像できる金額に思えた。

「だけど……うまくいくかな」

半信半疑で、耀太が尋ねる。六本木のＩＴ企業の社長、音大生、と書かれた、架空の彼らのプロフィールを見ながら。与えられた〝素材〟の中には、その社長が構えているという社屋のフロアや、音大生が住むピアノのあるかわいい部屋の写真もあったが、上京したとはいえ、耀太が住むのは都心から離れた二十三区外の日野市だ。中央線沿線の大学に通うのに、大学の最寄駅は家賃が高くて借りられなくて、少し離れた日野に部屋を借りた。六本木には行ったこともない。

テレビで見るような、あまりにステレオタイプな「成功者」や「知的な美少女」はわかりやすすぎて誰も信じないのではないか。そう思いながら尋ねると、甲斐斗がカカッと笑った。

『大丈夫。みんな、こっちがびっくりするくらい、自分に夢見てっから』

夢？　と思ったが、甲斐斗があっさり、『ひとまずやってみろや』と言って、電話を切った。

◆

甲斐斗の言う〝夢〟の意味は、「バイト」を始めて、すぐわかった。

返信なんて来ないんじゃないか――と思っていたメールに、ポツポツとメールが返ってき始めたのだ。

「こんにちは。ご連絡いただきましたが、人をお間違えじゃないですか？　わたしでいいんですか？」

「誰にも悩みが話せない、ということでしたが、私でよければ聞くくらいはできますよ。聞くことくらいしかできませんけど、あなたより少しばかりは長く生きていますので」

「留学がダメになってしまったそうだけど、悲観しないで！　人生は長いです。Fight！　あなたくらいキレイなら、ピアノ以外にもきっと生きていく道はあるし、いくらだってこの先にいい出会いもあると思います」

「六本木のオフィスなんてすごいですね！　そんな雲の上のような方がどうして私のFacebookをと思いますけど……」

「留学はどこにする予定だったんですか？　昔、若い頃に私はウィーンに仕事で赴任していたことがあって、それはそれは素晴らしい街でした。今は彼の地もコロナで大変だとは思うのですが、どうか彩美さんにもあの街で本場の雰囲気を感じながらピアノを弾いてほしかった」

――信じるんだ、と耀太は呆然とする思いだった。

女性はどちらかと言えば、六本木の社長に見出されたことへの「どうして私に？」「私でいいんですか？」という返信が多く、その向こうになんとなく「あなたは特別だ」とこちらに言ってほしい、という感じが滲《にじ》む。

男性は、相談に乗る、と言いながら自分の人生経験に基づいた話を聞いてほしがる傾向が強い気がした。

返信の文面を見ながら、甲斐斗の言葉を思い出した。そうか、これが〝夢〟か、と納得する。皆、自分に価値があると思いたい。自分だからこの相手に選ばれたのだという〝夢〟を見たいのだ。

返ってくる文面を見て、モヤモヤとした気持ちがこみあげてくる。なんでこんなに無防備に、こんないい相手が自分に興味を持ったと思い込めてしまうのか――。効果があるかわからないブレスレットに大金を払う人たちだから、なのか。

文面の中には、「コロナだから」「こういう世の中だから」という文字も多く目についた。それを見て、ああ、コロナ禍で家にずっといる、ということは、つまりはこういうやり取りに付け入る隙《すき》が生まれたということなんだな、と妙に感心する。世界の動きが止まったように見えても、見えないところに需要はきちんとあるのだ。

とはいえ、メールやメッセージのやり取りは、とても疲れた。

最初のうちは、返ってくるメールの内容や、その向こうに見える返信相手の個性などを観察するような気持ちで新鮮だったけれど、やはり、ひとつひとつの文面の内容を把握しながら、自分を使い分けて文章を書き続けている生々しさが、だんだん苦痛になってきた。オンラインの仕事だから、と気楽に構えていたけれど、決して楽ではない。

マニュアルの模範文面を参考にしながら、無難な返信文を考えて送るが、何回かやり取りすると、相手から返信が途絶えることも増えてきた。何が悪いのかわからないけれど、特に、女性とのやり取りが長く続かない。そういう時、こちらが実は、あの社長を分不相応に騙《かた》っていたのを見抜かれたような、何とも言えない後味の悪さが広がる。

男性の場合でも話題が露骨に卑猥《ひわい》になったりすると、どう返していいか途方に暮れてしまう。あんまり積極的に話題に乗りすぎても怪しまれるんじゃないか。第一に、そんな下ネタにこの音大生みたいなかわいい子がどう反応するかなんて、想像もできない。

これまで読んできたエロ雑誌の中だったらあり得るかもしれない会話でも、普通の女の子――たとえば、横井陽葵だったら――絶対そんなふうに返さないだろうし、と考えると、うまい返事が書けなくなった。

『ヨウタくん、成績、いまいち振るわないね』

その電話がかかってきたのは、唐突だった。

〝仕事用〟メッセージを送るのに使っているスマホが急に着信に震え、出てみたら、いきなりそう言われた。

「あの……はい、すみません」

誰なんだろう？　と思ったけれど、このスマホにかけてくるということは、甲斐斗の言っていた〝先輩〟なのかもしれない。彼が早口に言った。

『早く実績出してくれないと困るのよ。ひょっとしてメッセージの送り方が雑になってるんじゃない？　新規の相手にはいくら送ったところで返信がなかったら、売り上げにはならないよ』

「え！　そうなんですか」

仕事を始めて、二週間近く経っていた。その間、耀太は三百件近いメッセージを新規の相手に送っていた。甲斐斗に言われた通り、〝本部〟にもそう報告していた。甲斐斗の話で、百件一万円、と聞いていたし、しかも、報告を入れれば、即日に近いスピードで入金される、ということだったのに、一向に支払われる様子がないから、おかしいとは思っていた。

控えめな口調で耀太がそう言うと、電話の相手が、『えー！』と大きな声を出して、笑い出した。

『そんなことですぐに金がもらえるほど甘いわけないじゃない。それは、一度でもきちんと実績出した人の話。そんな機械みたいな送り方してたら、ご新規さんだってきちんと反応してくれないよ』

「すみません……」

『心を開かないとダメだよ。それを期待して、キミみたいな普通の、よさそうな子に頼んでるんだから』

一度も会ったことのない相手から「普通の、よさそうな子」と言われても、何を基準に言われているのかわからない。けれど、耀太がどんなタイプなのかを甲斐斗から聞いたのかもしれない。

『いい？』と彼が言った。

『相手に心を開かせたいなら、自分の思いを、自分の言葉でひとつひとつ伝わるように書かなきゃ。だからこそ、向こうだって初めて心を開くんだから。相手のこと、褒《ほ》めて褒めて、話を聞いてあげて、その上で、今、自分が困っていることを伝えるんだよ。そうじゃなきゃ、向こうも心を許してくれないよ。せっかくカモリスト渡してるのに』

カモリスト、という言葉を使われたことに違和感がこみあげる。甲斐斗から、「ひっかかりやすい人のリスト」と聞いたのは、つまりはそういうことなのだろうけど、はっきりそう言われると自分のしていることに途端に罪悪感が強くなる。

「あの――今日まで送ってた〝新規〟の人たちへの分は、じゃあ、バイト料、もらえないってことですか？」

『まあ、そうなるね』

あっさりと言われて、目の前が暗くなる思いがした。あんなにやったのにすべて無駄だったのか――。パソコンの前に座って、目がチカチカするまで、毎日、夢中になってやったのに。

声も出ない耀太に、電話の向こうの声が言う。

『でも、実績が一度でも出たなら、その分についても検討してもいいよ。実際、すごく頑張ってくれてるみたいだから、よろしくね』

それだけ言って、電話が切れた。

深くため息を吐きながら、開きっぱなしのパソコンの画面を見つめる。

心を開く、心を開かせる。

繰り返し、電話の相手が言っていた言葉を思い出すと、無性にイラッとした。心。心ってそもそもなんだよ。そんなの、自分にわかるわけない。

今日までやり取りしてきた相手の中で、物を買ってもらう話をできるほどに親しくなった相手はいない。いきなりそんなことを言い出したら、きっと不自然に思われるくらいの、硬い距離感しか築けていない。偽の立場を利用しても、それでも自分はやっぱりこの程度なのかと思い知らされるようだった。

Facebookで新たに返ってきたメッセージを眺める。今、満足にやり取りが続いている相手と言えば、一人か二人くらい。ここからさらに親密になれるかどうかなんてまったくわからなくて――。

途方に暮れながら眺めると、一つのメッセージに目が留まった。

『心を開くのって、難しいですよね』

と最初に書いてあった。

唐突な書き方だったので、少し気になった。続きを読む。

『私は平凡な主婦だし、どうしてあなたみたいな何でも持っていそうな人が周りの誰にも言えない悩みを、SNSで話したいのか、わかりません。だけど、近くにいないからこそ話せることって、きっとあるよね。その気持ちだったら、ちょっと、わかります。でも、どうして私だったの？　なんて聞いたらしつこいですか』

昨日までだったら、言葉が入ってこなかったかもしれない。だけど、この時の耀太にはその文章が覿面《てきめん》に効いた。

「心を開く」の一文に目が釘付けになった。

メッセージを送ってきたのは、『未希子《みきこ》』。

今日までやり取りが途切れることなく続いてる、貴重な数人の内の一人だった。

Facebookの登録を見ると、本人が書いているように主婦のようだった。顔写真はあげていないが、自分のコーディネートを、顔の位置をカメラで隠して鏡越しに撮影した写真が何枚かある。年はおそらく耀太より十近く上だろうけど、体のラインがくっきりわかるワンピースを着た腰がくびれて、足が細く、長い。肩にかかったウェーブの髪も、いかにも「いいところの奥さん」といった様子だった。ただ、投稿自体はしばらくしていないアカウントで、それらの写真が最後に上げられたのは五年前の日付だ。

言葉を慎重に選びながら——耀太は返信する。

「こんにちは。お返事ありがとうございます。

あなたにメッセージを送ったのは、あなたの投稿を見ていて、趣味が合いそうで、何よりあなたのセンスがとてもいいと感じたから——」

そこまで書きかけて、手が止まった。

心を開く、という言葉が頭の内側で響き続けていた。読み返すと、いかにも英文を直訳したような固い文面だ。心を開く。キミみたいな普通の、よさそうな子に――言われた言葉を反芻する。

その途端、張り詰めていた糸が切れる音が聞こえた。どうだっていい。やり取りが続かなくても、それならそれで、失うものはない。

「あなたにメッセージを送ったのは、寂しかったからです。四月から、満足に人と会っていません。オンラインや電話では仕事をしていますが、ぼくも孤独です。信じてもらえないかもしれませんが、おかしな意味じゃない。純粋に人と話したくて、未希子さんの話が聞いてみたかったからです」

読み返さずに、そのまま送った。普段の自分なら、パソコンの中の六本木の社長だって送らないような大胆な文面になった。

すぐに、返信があった。

『私の話を聞いてくれるの？』

一文だけのその文章が、うまく言えないが、切実な感じがした。「もちろん」とだけ、耀太は返した。

未希子からの返信は、そこからすぐだった。その日は一日、未希子と何通もメッセージを送り合った。彼女が少しずつ、自分の話を始める。

未希子は三十五歳。結婚するまで、商社で通訳として働いていたが、同僚だった夫と結婚した後、夫に言われて会社を辞めた。今は家事や趣味にいそしんでいるという。

『コロナの前から時間だけはあったから。料理の腕だけぐんぐん上がっちゃって』

投稿されている記事には、確かに手作りと思しき本格的な料理やお菓子の写真が並ぶ。

「通訳をしていたなんて、優秀だったんですね」

耀太が書くと、照れたような返信が返ってきた。

『優秀なんて、ひさしぶりに人から言われました。

大倉さんの会社で雇ってもらえるかな……なんて。ちなみに話せる言語は英語とフランス語です』

フランス語……！ と絶句する思いだった。すごい、という素朴な感想を伝えると、未希子は『料理が好きだったので』と答えた。

『フランス語の料理のメニューが自分で読めるようになりたくて、大学に進学する時にフランス語の学部を選びました』

未希子は育ちがよいのだろう。自分の話をするだけでなく、彼女は、耀太の話も聞きたがった。

『大倉さんはどんな子ども時代だったんですか？』

未希子のFacebookに並んだ、高価そうなアイテムやこれまでの話に気後れしながら、どうにかそれに釣りあう架空の子ども時代を捻出しようとする。――するけれど、悲しいほどに何のイメージも湧かなかった。仕方なく、書き連ねる。心を開く、失うものはない、自分は所詮、〝普通の子〟なんだ、という思いが躊躇《ためら》いを取り払っていた。

「地方の定食屋の息子です。伝統ある老舗とかじゃなくて、両親二人が始めた小さい店だけど、店を手伝うとそこに出入りする大人たちがみんなかわいがってくれたし、今考えると、いい子ども時代だったんだと思います」

素敵な子ども時代ですね、とか、未希子からはそんな言葉が返ってくるのだろう、と思った。こっちが模範文面を参考にしてるように、向こうからも社交辞令のようなものが来るだろう――。

すると、返信があった。今度も、すぐに。

『ご両親のことが、とても好きなんですね』

その一文が飛び込んできた途端――自分でも驚いたけど、胸がぎゅうっとなって、目に涙が滲んだ。山形にいる時は当たり前すぎて気づかなかったけど、オレ、実家の店が好きだったんだ、と気づいた。親父のアジフライとか、母さんが前の晩から仕込む豚汁が無性に懐かしかった。

だけど、帰れない。帰ったところで、店は閉まっている。

コロナは、四月の末になって都内の感染者もようやく減ってきた。「もう少しだよ。もう少し頑張ろう」と母からＬＩＮＥが来たけど、それが本当にもう少しなのか、耀太にはわからなかった。

『羨《うらや》ましいです』と彼女の文章は続いていた。

『すごく羨ましい。私は自分の両親のことが好きではないから』

その言葉が、たまらなく気になった。すぐに尋ねる。

「どうして。未希子さんの子ども時代はどんな感じだったんですか」

『私の話は楽しくないよ。私は何も持っていないから。大倉さんのお話をもっと聞かせてください』

未希子とメッセージを送り合ううちに、気づいた。彼女は他の人たちと違う。

これまでの相手は、男性でも女性でも、とにかく、やり取りが少し深くなると、途端に、自分の話を聞いてほしがった。女性は、これまでの自分の過去やコンプレックスを相手に受け止めてほしい――ということを匂わせてきたり、男性は、「俺のこんなすごい話を聞いてほしい」という自慢が多くなったり。

だけど、未希子は自分のことを語るより、まずこちらの話を聞きたがった。あなたはどんな人なの？　どうして今の会社をやろうと思ったの？　オフィスの場所に六本木を選んだのはどうして――。そのひとつひとつに答えるたび、おざなりでない言葉が返ってくる。

『いいですね。いかにも成功者って感じの場所に行きたかった、なんて、子どもみたいだけど、でも、そういう考え方、好きです。そういうことを正直に書いちゃう大倉さんも素直な人なんだなぁって思っちゃいました』

「ぼくの話を聞きたい、と言われても、ぼくだって楽しい話なんてそんなに持ってないですよ」

『いいんです。どんなことでも。たとえば、好きな食べ物が何か、なんてことでも、聞けるだけで楽しいです』

「未希子さんて、おもしろい人ですね。ちなみに好きな食べ物はリンゴです笑」

私は何も持っていない、と未希子は書いていたが、そんなことはまったくない。投稿されている写真を見ても雑誌の中から抜け出てきたように高価そうな家具や食器が並んでいるし、趣味のフラワーアレンジメントや、自分で作り上げたという自宅の庭も美しい。

そう伝えても、未希子は喜ぶ様子をあまり見せなかった。

『そうですか？　でも私はもう長く仕事をしていなくて社会に出ていないし、家事も趣味も完全な自己満足のためにやっていて、お前は苦労をまったくしてないって夫にもよく呆れられます。お前みたいな考え方は世間じゃ通用しないぞって』

夫、という言葉が出てきて、一瞬、息が詰まる。だけどすぐ、そっか、そうだよな、主婦だもんな、と思う。これって、自分には夫がいるっていう不倫への予防線みたいな感じなのかな？　と経験が少ないなりに想像してみる。でもじゃあ、未希子は何のために耀太とやり取りしているんだろう——正確には、耀太じゃなくて、この六本木の社長と。

だけど、この「夫」という人はずいぶんひどい。未希子がどこか自分に自信がない感じがするのは、夫から日々こんなふうに言われて、それを我慢しているせいじゃないか、という怒りが湧いた。

「いくら家族であっても、そんなふうに決めつける言い方をするのは、よくないと思います。未希子さんの旦那さんのこと、悪く言うようですみません。でも、文章をやり取りしていると、未希子さんがとても聡明な人だということが伝わるし、ぼくは仕事でそれこそいろんな相手と話したりしますけど、未希子さんはその中でも素晴らしいものをたくさん持っていると思います」

聡明な人、というのは、普段の耀太だったら思いつきもしない言葉だったけれど、USBメモリに保存された模範文面の中での相手への誉《ほ》め言葉として記載されていたから、覚えていた。こんな言葉、今までだったら、どんな場面で使っていいかわからなかったけれど、未希子にだったらピッタリだ。いろんな相手を知った上で、それでも社会や世間の中でもあなたは十分通用する、ということが伝えたくて、六本木の社長の立場から書いたけど、耀太の実感としても、それは決して誇張じゃなかった。だって、ここまでの「バイト」で接した人たちの中で、未希子は確実に「特別」な感じがある。自分の話ばかりでガツガツしている人たちと違い、メッセージのやり取りが心地いい。

未希子からは、今度はすぐに返事がなかった。

ちょっと気障《きざ》すぎたかもしれない。わざとらしすぎたかもしれない。未希子が気分を害したのではないか――。そわそわと何度もFacebookを開く。あれだけ頻繁にやり取りしていたのに、長い沈黙に落ち着かない気持ちになる。

コンビニで夕飯のお弁当を買って、メッセージをチェックし、食べ終わってからまたチェックし、シャワーを浴びてから、眠る前にも、何度も開いてチェックする。

他の相手からのメッセージもいくつか来ていたけど、返信する気は起きなかった。未希子の返事だけを待ち続け、布団に入ってからも、気にし続けた。

もう一度、こちらからメッセージを入れようか。この間の内容が何か気に障るようなことだったならすみません。でもそんなつもりじゃなくて――。頭の中で、何度も謝るメールの文章を組み立てる。なかなか寝付けなかった。

未希子からの返信は、翌朝、届いた。

『ありがとう。メッセージを読んで、泣いてしまいましたって言ったら、信じてくれますか？

胸がいっぱいになって、すぐには返事ができなかった。大倉さんにとっては、深く考えて送った言葉じゃないかもしれないけれど、私にも価値があるのかもしれない。たくさんのすごい人たちとお仕事をしていそうな大倉さんがそんなふうに言ってくれたんだって思ったら、私もこの家の外に出ても大丈夫なのかなって励まされました。大倉さんが、私にとっての社会なのかもしれません』

メッセージを見て、気持ちがわかった。未希子の。

胸がいっぱいになって返信がすぐにできない、という気持ちがよくわかったのだ。

その翌日、耀太は十九歳の誕生日だった。五月二日。GWの直前。テレビでは、今年のGWは我慢の時、という言葉が繰り返されていた。県をまたいでの移動の自粛、帰省の自粛。地方で県外ナンバーの車が嫌がらせをされた、という報道などが繰り返し目についた。

誕生日の朝、山形の母親から電話がかかってきた。

『耀ちゃん、今年はとんだ誕生日になっちゃったね。大丈夫？　寂しくない？』

「うん……、まあ、本音言うと、ちょっと帰りたいなって思うことはあるけど」

何気なく言ったつもりだった。けれど、電話の向こうではっきりと母が黙った気配が伝わってくる。え？　と思う。まさか、そんな紋切型なことをうちの親が言わないよな？　と祈るような思いで言葉を待つと、母が言った。

『あの、うちのお向かいのリサちゃんがね』

「うん」

お向かいのリサちゃん？　と思う。そういえば、耀太よりだいぶ年が上の娘さんがいて、小さい頃は遊んでもらったような記憶がうっすらある。

『帰ってきてるみたいなのよ。旦那さんだけ東京に残して、子どもを連れてね。もう二週間経つから、最近じゃ周りもやっと安心できるようになってきたみたいだけど』

自分の全身からため息が漏れる音が、大袈裟でなく、聞こえた。母さん、オレは、お向かいのリサちゃんが結婚して東京にいたことも知らなかったけど――と思うと、情けなかった。

〝リサちゃん〟のことが近所で噂になるということは、きっと耀太が帰っても同じことが起こるということだ。

『あの、母さんたちの店のことだけど、大丈夫だから。心配しないでね』

母が言った。

『持続化給付金の手続きをして、百万円、もらえることになったから、ひとまずは大丈夫。緊急事態宣言が解除されそうだって話もあるし、お店は続けられそう』

「あ、うん」

『落ち着いたら、帰ってきてね』

うん、と力なく頷きながら、耀太はため息をついた。

ちょうど、山形に残った横井陽葵が、地元の短大で知り合ったサークルの先輩と付き合い始めたらしい、ということを知ったばかりだった。よせばいいのに、ずっと開かないでいた高校時代の友達とのグループＬＩＮＥをまとめて見てしまったのだ。誕生日が近くなって、ひょっとしたら、誰か、耀太のことを心配して話題にしていないだろうか、東京に行ったのは耀太一人だし、去年の誕生日はみんなで放課後、カラオケに行って祝ってもらった。思い出してくれていないだろうか、と甘い期待をしてしまった。

地元に残った友人たちの時間は、流れ続けていた。耀太の生活は時が止まったようなのに、「最近外に出てなくて、サークルのZoom会だけが心の支え」「あまりに退屈だから、家族で山までドライブに行った」「駅前がこんなに無人なのマジすごくない？」とコロナの影響を嘆く様子すら、何かが微妙に楽しそうで、余裕があるように感じられた。

陽葵の彼氏は、そのサークルのZoom会とやらを繰り返す過程でできたらしい。耀太の大学は完全に入学式も授業もストップしているけれど、陽葵の短大はサークルの勧誘行事みたいなものが緊急事態宣言の前にあったらしく、その時に知り合ったようなのだ。イベントサークルで、コロナで救済が必要な人たちに何かできないか、と手づくりマスクを寄付したりする活動をしているうちに仲良くなって、と書いてあるのを見て、どん底に突き落とされた気持ちに陥《おちい》る。誰かを救うなら――オレを救ってほしかった。

誰も、耀太のことなど話題にしていない。皆、新しく動き始めた自分たちの時間にしか興味がないのだ。地元のみんなの中に、「新しく始まった」生活が見えることが恨めしかった。東京に出てくる時、この中の誰よりも大きな一歩を踏み出すような気持ちでいたことが、もう遠い遠いところにあるよくできた嘘のようだ。

「オレ、今日、誕生日なんです」

だから——未希子へのメッセージに、ついそう書いてしまった。普段、「ぼく」で通していた一人称が「オレ」になったことに、送った後で気づいた。「バイト」の範疇《はんちゅう》を外れ、アドバイスされた「心を開く」意識も関係なく、思わず漏れた耀太の心の叫びだった。

未希子からの返信は、すぐにはなかった。いきなりそんなことを書かれて、重かったかもしれない。第一、彼女は夫がいて、彼女にも彼女の生活があるのだし——。そう思っていた夜、未希子から、メッセージが届いた。

『お誕生日、おめでとう』

ケーキの写真が、ついていた。

キャラメル色の焼き色がついた、編み物のように美しくパイ生地が重なったアップルパイ。ロウソクが一本、刺さっている。

『本当はシフォンケーキか何かにしようと思っていたんだけど、リンゴがお好きって聞いたから、パイにしてたら時間がかかっちゃいました。ロウソクは、後で引き抜いて、夫にはごまかしておきますので、ご心配なく』

胸が熱くなった。表示された写真の中、ぼんやりと灯るあたたかなロウソクの光に手を伸ばす。指が触れると、ディスプレイの熱以上のあたたかさが指先から耀太の体の芯に沈み込んでいくのがわかるようだった。

ありがとう、と呟いていた。

何日も人と満足に会話していないせいで、また、掠《かす》れた声だった。だけど、その声が、確実に耀太の喉の強張《こわば》りをほぐしていく。渇きを満たしていく。

誰も聞いていないのに、人は、本当に相手に感謝をしたい時にはこんなふうに声が出てしまうものらしい。初めて、知った。

◆

『振り込みの催促、ちゃんとしてる？』

え――という声が掠れた。今度は声の出し方を忘れていたからじゃなくて、背筋が強張って、喉の真ん中で声が凍った。

五月十一日。ＧＷも終わったとされる月曜日。曜日の感覚も失っていた耀太のもとに、また〝本部〟から電話がかかってきた。

「振り込みって――どういうことですか？」

未希子とのやり取りは毎日のように続いていた。このまま進めれば、心苦しいけれど、

「うちの会社の商品だ」とかなんとか言って、七万円のブレスレットを買ってもらえるくらいには会話をこぎつけられるかもしれない、と感じていた矢先だ。騙すようで申し訳ないけど、未希子の家庭は裕福な様子だし、それくらいは――と。

けれど、電話の向こうの相手は『送金だよ、送金』とあっさり言い放った。

『今、やり取りしてる相手に、適当な理由をつけて金を払わせるんだよ。口座がちょく変わるから、その段になったら、本部から口頭で直接振込先を伝えることになってるんだけど、ヨウタくんからは問い合わせがないから。でも、今、伝えるから、メモして。で、どっかのタイミングでそのメモ、破棄してね』

「ちょっと待ってください。あの、ブレスレットとか、物を売りつける仕事だって甲斐斗からは聞いてるんですけど。七万円くらいの」

『はあー？　それは、甲斐斗がそのやり方で相手に振り込ませたっていうだけのことじゃない？　だけど、七万なんて額じゃ「実績」にカウントできないよ。会社の当座の運用資金が必要、とか、留学する権利を失わないために追加で費用が必要になって、とかそういう方が引っ張れると思うけど』

受話器を持つ手に汗が滲んでいく。振り込み、という響きに、頭の中が巨大なハンマーで殴られたように、わんわん揺れる。

純粋、と甲斐斗に言われた耀太にだってわかる。振り込みはまずい。振り込め詐欺やオレオレ詐欺、母さん助けて詐欺、さまざまな呼び名で呼ばれる詐欺のニュースが一気に頭を駆け巡って、足が竦《すく》んだ。

「あの、オレたちがするのは振り込みを催促する前の簡単なやり取りまでで、そこから先はその、〝本部〟の方たちがするって聞いてるんですけど」

電話の向こうの声が、豹変した。

『はあー⁉ んなわけねえだろ、ふっざけんなよ！』

さっきまでの声と、まるで違う。声量自体はそこまで変わらないのに、声の奥の凄《すご》みが増した。聞いた途端に、ぞっとする。わかってしまったからだ。この人は、日常的に暴力的な物言いに慣れた、そういう世界にいる人間だ、と。理屈じゃなかった。耀太がいる世界では関わったことのない、決して足を踏み入れたらいけない世界の声だ。

『あのさあ、加賀耀太くん。そんなことで対価がもらえるほど世の中は甘くねえんだよ。しっかりしてよ。キミだってお金がほしくてやったんでしょ？ これまでだって、キミ、やってること十分に詐欺だからね。山形のご両親だって、息子がこんなことしてるって知ったら、悲しむんじゃないかなぁ？ ここの息子はヤバイですよって噂になったら、客商売なんだし、「かがやき屋」の評判に関わるよね』

かがやき屋、の名前に、総毛立つ。

両親が経営する店の名だ。この人は耀太の本名も、実家がどこであるかも、店のことも、全部知っている。甲斐斗が教えたのかもしれない。

『L大学だってさ、振り込め詐欺の片棒担いだなんてバレたら退学じゃないの。せっかく入った大学なのに』

声が出ない耀太の耳元で、いたぶるような声が続く。『しっかりやってよ』と、声の調子がまた急に軽い様子に戻る。

『しっかり「実績」さえ出してくれたら、報酬だって払うし、悪いようにはしないから。いい？　口座番号、メモして。準備した？　中央銀行、普通口座、番号は——』

「あ、はい」

バタバタと、手近にあったチラシの隅に、言われるがままメモしてしまう。ふっと電話の向こうの空気が緩んだ。

『来週までに、ひとまず、一件でいいから「実績」作ってよ。初めは十万か二十万くらいでもいいよ。一度それぐらいの額を出した人間は、次からも理由をつけたら何度も出してくれる傾向あるから、小さい額からでも』

「来週、ですか……」

声が細くなる。今、親密なやり取りをしているのは、耀太には未希子くらいしかいない。

「でも、ぼく、自分で催促すると思っていなかったから、今、自然なやり取りしかしてないんです。急にお金のことを言い出すなんてどうしていいか――」

『ばぁか。それは、お前が自分で考えんだよ。なんだっていいんだよ。これまで心配すると思って言っていなかったけど、本当はこんな問題で困ってて、みたいな。あと、自然なやり取りってなんだよ、お前がやってたことは十分不自然なんだから、思い切っていけよ』

そう言われても、まったく思いつかない。体が熱くなって、だけど、背中の汗は冷たくなっていく。

十分不自然、という言葉に、微《かす》かに心が傷つく感じがあった。未希子との会話、もらったバースデーケーキの写真――今日までの彼女との日々を貶《おとし》められたように感じた。けれど、その傷に浸《ひた》る間もなく、次の言葉が耀太をさらに戦慄《せんりつ》させた。

『「実績」作れないなら、気が進まないけど、「受け子」に回ってもらうしかなくなるから』

受け子、という言葉に胸を貫かれる。〝純粋〟な耀太だって知っている単語。振り込め詐欺の、引き出し係。詐欺の集団の末端がやらされて、ＡＴＭの防犯カメラに顔が映ったり、逮捕されるリスクの高い役割――。

『まあ、頑張ってよ』

それだけ言って、電話が切れた。

電話が切れてからも、心臓が信じられないほど大きくバクバク鳴っていた。持っていたスマホに触れているのすら怖くなって、机の上に置く。

頭がくらくらした。

嘘だ嘘だ、と何度も言い聞かせる。嘘だ、こんなことに巻き込まれるなんて。

ATMで手続きをするとき、うるさいほど周りに貼られた「それ、詐欺じゃないですか?」の注意書き。自分はきっと騙されることはないはずだ、と気にも留めず、景色の一部のように見えていたあれらの文言を思い出すと、吐きそうになった。騙される事態についてまでは想定できても、まさか自分が騙す側になるなんて、絶対にありえないことだ。

「バイト」用のスマホじゃなくて、自分のスマホを取り出して、急いで甲斐斗に電話をかける。何度電話をかけても、話し中の音がしていて繋《つな》がらない。着信拒否にされたのかもしれなかった。LINEを送っても、既読がつかない。

誰かに連絡を――と考えて、甲斐斗との間に共通の友人の心当たりがないことに気づく。第一、何と言って状況を説明したらいい?

振り込め詐欺について、調べてみようか。自分のしたことが、本当に詐欺になってしまうのかどうか――、ああ、でも実家を知られている。もし両親に何かされたら。あの電話の向こうの凄まれた声音を思い出すだけで背筋が凍る。

誰か助けて――。

詐欺について調べようと開いたパソコンで、検索しようとしたのに、無意識につい、それより先にFacebookのメッセージを確認してしまう。このところずっと未希子のメッセージを待って、一日何度も確認していたせいだ。

そして、目を疑った。

『助けて』

という文字が、飛び込んできた。

『助けて、私、殺される』

未希子からだった。

『夫に毎日殴られる。四月に夫が在宅になってから、我が家は地獄です。お願い。聞いてくれるだけでいい。ごめんなさい、大倉さんとの話が楽しかったから、心配をかけたくなくて、これまで言えなかった』

◆

『夫のお金で暮らしていて、他人からは優雅に見えるかもしれない。だけど、本当の私は、自由がなく、孤独です。戻れるなら、夫と結婚する前の自分に戻りたい。どうしてあの時、仕事を辞めてしまったんだろう、それは自由を手放すことだったのに、と悔やんでも悔やみきれません』

結婚するまで、通訳として働いていた商社を本当は辞めたくなかったこと。だけど、夫に言われるがままに仕事を辞め、家事や趣味にいそしむ生活になったが、楽しかったのは最初の一年ほどで、すぐに夫からの言葉の暴力に悩まされるようになった。

『誰の金で生活してるんだ、お前みたいな考え方は社会じゃ通用しない、と毎日のように言われるようになりました。クリーニングにシャツを出すのを忘れたり、掃除しきれていない場所があると「それがお前の仕事なのにこんなこともできないのか」と、家を追い出されたり。困って、知り合いの家に行くと、「そんなみっともないことをするな」とさらに怒られて。殴られるようになったのは、結婚して三年目くらいからでした』

庭木の手入れがなっていない、と剪定《せんてい》バサミで顔や頭を小突かれた。「やめて」と逆らうと、刃の方を向けられて、「次は切るぞ」と言われ、実際に、髪の毛を切られてしまったことがあるという。

髪の毛を――、想像して、絶句する。彼女のFacebookに投稿された、顔を隠して、自分のスタイルのいいコーディネートをアップした写真を見る。けれど――その時になってようやく気付いた。未希子のFacebookの記事の更新自体は、五年ほど前で止まっていた。あれは、華やかに見える日常を更新するのを、そのあたりで一度辞めたからだったのかもしれない。

更新が止まっていたことも、未希子の自分への過剰なほどの自信のなさも、すべて合点がいく思いがした。

慎重に言葉を選びながら、耀太が返信する。

話を聞いてとても驚いたこと、心配であること、離婚を考えたことはないのか――。人生経験の少ない自分の言葉が不用意なものになってしまいそうで、送るのにとても緊張する。未希子からの返信はすぐにあった。

『離婚は何度も考えました。だけど、娘のことを考えると、この子を父親のいない子にしてしまっていいのか、とそのたびに考えて。経済的なことも不安でしたし、何より、別れるとなったら、私がされた、夫の悪い部分も娘に伝えなくてはならない。娘が自分の父親が尊敬できる人間ではなかったんだ、と思いながらこれから先を生きなければならないのかと思ったら、それだけはどうしてもできませんでした』

娘――の文字に息を呑む。

子ども、いたのかよ、と思わず小さく声が出た。一人の部屋に、その声が掠れて響く。これまで一度も話題に出たことがなかった。

「お嬢さんがいらしたんですね」

『高校一年生です。何度も逃げ出したいと思ったけれど、娘のことを考えたら、できなかった。だけど、もう耐えられない。昨日、夫が娘にも手を上げそうになって、やめてと、かばったら、顔を殴られました。目の下に痣《あざ》ができて、もう、誰にも会えない』

なんと言葉をかけていいか、わからなかった。すると、耀太が返信するより先に、未希子から、続けてメッセージが届いた。

『私はあなたが好きです』

心臓が、ずくん、と突かれた。大袈裟でなく、息が止まる。

『夫がテレワークで、在宅になってからの日々に、あなたとメッセージをしている時だけが自由になれました。あなたのもとに逃げ出したい、と思うことが日に日に増えていきました。もし、私と娘が東京まで行ったら、助けてくれますか。六本木の、今、お休みしているというオフィスにいさせてもらえるだけでもいいです。私がダメでも、せめて、娘だけでも』

逃げてきていい――と言えないことがもどかしかった。

もし、自分が本当に、このFacebookの中の「大倉誠吾」だったら、すぐにも彼女たちを受け入れてあげたい。だけど、この世の中のどこを見渡しても、「大倉誠吾」はいない。六本木のオフィスも存在しない。

どう返信すればいいのか、まったくわからなかった。好きです、と書かれた一文に、誠実な答えを返すことすらできない――と気づいて、初めて、認める気持ちになった。

耀太も、未希子に惹かれている。ずっと年上だけど、いつの間にか、大倉誠吾としてじゃなく、耀太本人が彼女に癒《いや》されていた。

返さなきゃ、返さなきゃ――と焦るけれど、できない。どれくらいの間が空いたろう。

未希子から、メッセージが来た。

『おかしなことを言ってごめんなさい。

忘れてください』

諦めの滲む、たったそれだけの文面だった。


その夜、夢を見た。

電話の男の、「ばぁか」「ふっざけんなよ！」の声が、わんわんわんわん、夢の中でも耀太の中にこだましている。「受け子に回ってもらうしかなくなるから」と声が言う。

その衝撃に打ちのめされている中、耀太は、気づくと、見知らぬ家に立っている。自分がそこに存在しているかどうかもわからない、曖昧《あいまい》な「夢」の視点が、殴られる女性を見ている。やめて——と叫んで髪を押さえる。耀太は第三者のように立ち尽くして、すべてを見ている。

知らない男——耀太をバカにしたあの面接官や、大倉誠吾のような品のいいシャツを着た男が、抵抗する女を押さえつけて髪の毛を切る。男の手に、剪定バサミが握られている。女性の長い髪に、男の指が分け入っていく。やめて、とまた悲痛な声がした。だけど男が女の頰を張る。頭を床に押さえつけ、馬乗りになるようにして長いハサミを振りかざす。乱れた髪の間から、女性の白く、細い喉が覗《のぞ》く。ハサミの刃が、その喉にかかってしまうんじゃないかと思う。次の瞬間、ジャキ、と音がして、髪が切られる。女性の泣き声が、ずっとしていた。だけど男はやめない。刃を立てて、男が髪をまた切る。切り続ける。

そこで——目が覚めた。

喉がひどく渇いていた。夢だとわかっても尚、心臓がドキドキしていて、鳴りやまない。寝汗も掻いている。荒く呼吸をしながら——そして、ああ、と目をぎゅっと閉じた。

耀太は激しく勃起していた。

これまで経験したことのないほどの強い興奮と恐怖に、股間が痛いほど反応している。

夢の中、髪を切られる未希子を想像したら、そのまま、手を当てて、射精するまでこすってしまう。一度射精しても、まだ、興奮は収まらなかった。怖い、怖い、怖い。一番強い感情は恐怖と焦りなのに、突き動かされるように、手を動かし続けた。

◆

「ぼくもあなたが好きです」

翌朝、未希子に送った。意を決して。

「あなたのことを助けたい。助けに行きます。どこに行けばいいですか。ぼくの、連絡先です」

迷ってから、「仕事用」ではなく、耀太本人のスマホの番号を教えた。それが、これから自分がしようとしていることへのせめてもの誠意だと思った。

未希子からの返信は、しばらくしてからだった。

『本当に？』と、怯《おび》えるような尋ね方をしていた。

『本当に信じてもいいですか。あの男を、どうにかしてくれますか。あいつは私を離さないと思う。それでも連れ出してくれますか。あいつを、私にかわって、殴ってくれますか』

「未希子さんを渡してくれないなら、そうします。必ず、助けます」

助けたい、という気持ちに嘘はない。だけど、そう書く時に胸が痛んだ。

躊躇いがちに――、未希子から返信がある。『住所です』と、埼玉県飯能市の住所が書かれていた。その表記に、それまで以上に未希子の存在を身近に感じる。

助け出せるかどうか――わからない。だけど、一度でも実績を作らなければ、耀太の立場はない。ここから抜け出すには、とにかく一度でいいから、「実績」を作ることだ。

「お金を用意できますか」

メッセージを打ち込む。一度、覚悟が決まると、そこから先は、心を無にして一気に書けた。

「会社のお金は、ぼくが社長であってもすぐに使えない。あなたを助けるための当座の資金があれば、居場所を確保してあげられます。とりあえず十万円くらいだったら、用意できますか」

暮らしぶりから考えると、彼女でもそれくらいのお金はどうにかできる気がした。返信が来る前に、さらに書く。

「もし用意ができるなら、こちらの口座まで、お願いします」

メモした口座番号を書く。コンビニに行く途中でもらった、テイクアウトを始めた飲食店のビラだった。名義人は、Facebookに書いた通りの「オオクラセイゴ」だ。

未希子には、謝ろうと考えていた。この「一度」を振り込んでもらったら、自分が、「大倉誠吾」でなかったことを正直に伝えて、その上で、夫とどうしたら別れられるか、いっしょに考えたらいい。狭いところだけど、避難してくるなら、今のこの耀太の部屋に来てもらってもいい――。

未希子からメッセージが返ってくる。

『お金が、必要なんですか。私に自由にできるお金はほとんどないです。だけど、十万円を用意しなければ、助けてもらえないんですか』

明らかに戸惑っている様子だった。

その文面に、胸が衝《つ》かれる思いがした。用意なんてしなくていい。今すぐに助けたい――気持ちが逸《はや》るけれど、自分が何の力も持たない、六本木の社長どころか、切羽詰まった崖っぷちの学生であることが情けなかった。

心を無にして――不自然だというなら、もう、すべてが不自然であるこのやり取りで、耀太の気持ちの全部を殺して、書く。

「はい。それさえ、用意してもらえたら、確実に助けます」

一時間ほどして、未希子からメッセージが届いた。

『わかりました。用意して、振り込みます』

◆

『あのさ、一向に振り込まれないよ。君のその相手から、十万円』

スマホが震え、開口一番、そう言われた。

え——と出した声が唇の中で、吸い込まれるように消える。本部に未希子のことで「実績」が作れそうだと連絡した三日後のことだった。

『催促してよ、もう一度。まだ確認できないんですけどって』

「あの、その『実績』が作れたら、もう、オレ、この仕事、辞めてもいいですか」

泣きそうな声が出た。本音を言えば、今すぐ逃げ出したくてたまらない。電話の向こうの声が、いつまた狂暴なものに変わってしまうのか考えると、こうしているだけで身が竦む。電話の向こうで、『ああん？』とめんどくさそうな声がした。

ハッと鼻で笑う気配があって、それを聞いた耀太が勇気を振り絞って言う。

「オレ、向いてないと思うんです。これ以上やっても。受け子だって、きっと、ヘマして絶対できないです」

『はいはい、ひとまず、実績作ったら、考えてあげるよ。あ、それと、申し訳ないんだけど、書類の手続きをしてほしいんだわ』

「え？」

『今さ、コロナでいろいろ大変でしょ。困ってる人なら誰でももらえる給付金があるから、それ、キミに代わって申請してあげるよ。それだと、即金ですぐに五十万、出してあげられる』

「あの、それって……」

『大丈夫。国の給付金だから安心だよ』

これ以上下がることがないと思っていた体温がすっと下がっていく。もし、耀太の家が商売をしていなかったら、この間の電話で母と話していなかったら、気づくことはなかったかもしれない。だけど——。

「それって持続化給付金のことじゃ……」

コロナ禍で影響を受けた自営業などの職種ならば、申請できる。でも、それは、去年から売り上げが下がったことの証明などが必要で、うちの親たちのような、本当に困っている人たちのものだ。学生の耀太に申請できるものではない。それに、もし、申請するとしたら、金額は百万円のはずで——。

そこまで考えて、気づいた。ああ、そうか。残りの半分は、この人たちのものになるのだ。

真面目で、ただまっすぐにきていた自分の人生が、確実に曲がり始めたことを、震えながら自覚する。巻き込まれ、もう、取り返しがつかないのかもしれない。甲斐斗に「純粋」とバカにされていた頃の自分が、ひどく懐かしかった。

『違う違う。持続化給付金とは別の、誰でも申請できる給付金だから心配ないよ。その件についてもまた連絡するから、ひとまず、振り込みの方、がんばってよ』

電話が切れる。

心が麻痺《まひ》していく。焦りのままに、未希子にまた、書いてしまう。

『この間の話だけど、振込はまだですか。あなたを早く助けたい』

先日のやり取りからずっと、未希子からは返信が途絶えていた。深くため息を吐き出して、耀太は唇を噛む。頼むよ、と祈る。未希子から来ていた、「あなたが好きです」のメッセージを読み返す。本当に好きなら、助けてほしい、と身勝手な思いがこみ上げてくる。

一日待ち、返事がないまま、時が過ぎる。

二日目になって、もう無理だ、と思った。未希子は自分を救ってくれない。

三日目、焦《じ》れるような気持ちで何度もメッセージをチェックした、その夕方——。ようやく、未希子からメッセージが届いた。

『わかっていました』

という一文から、それは始まっていた。

『わかっていました。

大倉さんが、きっと、私を騙していることを。これが何かの詐欺なんじゃないかって、最初の方から、ずっと、本当は気づいていました。

でも、それでもよかった。

あなたは誰ですか。

Facebook の大倉誠吾さんの誕生日の登録は十二月です。あなたが言った、五月二日じゃない。わかっていたけど、私はそれでもかまわないと思った。聞かせてもらったあなたの子ども時代のあたたかいご両親のお店の話が、とても好きでした。

あなたが誰でも、私の話を聞いてくれたこと、励ましてくれたこと、とても嬉しかったです。あなたが誰でも、私はあなたが好きでした。

お金を払ってあげられなくてごめんなさい。

詐欺かもしれない、と思ったこともだけど、娘が階段から突き落とされて足を骨折してしまい、ずっと付き添っていたら、思うように外出できなくなりました。もう、私にも時間がそんなに残されていないかもしれない。

娘は、お母さんにひどいことしないで、と殴られる私をかばって、父親に落とされたんです。娘の自由を脅《おびや》かすなら、今度は私が許さない。夫のことは、私が殺します。あの子の人生を、親の好きにはさせない。

だから、これがきっとあなたに送る最後です。

今度こそ、きちんと、心から言います。

ごめんなさい。

全部、忘れてください』

◆

電車に乗るのは、一ヵ月半ぶりだった。

空いているけれど、思ったより人がいる。そのことにまず驚いた。GWを過ぎて感染者数も減り、皆の予防意識が緩んでいる、とテレビに登場する専門家たちが嘆いていたけれど、確かに、これでは、またすぐに元の状態に戻ってしまうんじゃないか。テレビでよく聞く〝自粛警察〟のように目くじら立てたいわけじゃないけど、それでも、ここ二ヵ月あまり、古い木造アパートの半径一キロもない世界でしか暮らしていなかった耀太には、外の世界は衝撃的だった。さっきから目がチカチカする。

埼玉県の飯能市にある、未希子の自宅を目指していた。

乗り換えのために下りた池袋駅で、人の多さに頭が酩酊《めいてい》感を覚える。だけど、思えばずっとここ数日、この酩酊感に襲われ続けていたかもしれない。自分が何をしようとしているのか、正気では考えられないことを、ここ数日でいくつも超えてしまった気がする。

今も自分が何をしているのか――しようとしているのか、はっきりと自分でも説明がつかなかった。けれど、いてもたってもいられなかった。

――夫のことは、私が殺します。

未希子を犯罪者にするわけにはいかない、と強く思っていた。

一線を越えてしまったら、もう戻れない。それはここ数日、自分が詐欺の世界に足を踏み入れてしまっていたのではないかと、ずっと思い詰めていた耀太にとっては、切実に身近にある恐怖だった。事件を起こしてしまったら、人生が取り返しのつかないことになる。それこそ、未希子の娘だってどうなるのだ。

私が殺します、の一言に、その少し前に未希子からもらったメッセージが呼応する。

「あいつを、私にかわって、殴ってくれますか」という一文だ。

殺してほしかったんだ、たぶん。耀太に、自分の夫を。

その時点で、どこまで本気で書いていたのかはわからない。だけど、助けてほしい、連れ出してほしい、という気持ちと同じくらいの強さで、夫にいなくなってほしい、と彼女は念じ続けていたはずなのだ。

早まらないで。お金はいらないから、あなたが自由になれる方法を話し合いましょう、僕自身のことについては、また、後できちんとお話しします――。

急いで書いた耀太のメッセージに、今度こそ、未希子は何も返してこなかった。その沈黙が怖い。何度も何度も彼女のページを見に行き、もう一度メッセージを追加で書こうか迷っていると、何の前触れもなく、彼女のアカウントが削除された。

呆然《ぼうぜん》とした。それが何かの決意に基づく「準備」のように思えて、本格的に胸が騒いだ。彼女は、おそらく本気だ。

気づくと、財布と携帯だけを手に、家を飛び出していた。

よく晴れた日だった。こんないい陽気の、明るい光の溢《あふ》れる電車の中で、全員がマスクをしている。目に見えないウイルスが、今この瞬間も、自分の近くに漂って、人の活動を止め続けていることが、ふいに滑稽《こっけい》に思えてくる。脅されるようなニュースや、実家の両親からの心配する電話を受けて、意固地なほどに家にいたけど、外に出ることはこんなにも簡単にできてしまうのかと思ったら、なんだか泣きそうになった。

車窓からの陽光に、車中に漂う薄い埃《ほこり》が見える。くっきりと浮かび上がった埃が、とてもきれいだった。思ったら、その勢いで、既読がつかなくなった甲斐斗のＬＩＮＥを開いて、打ち込んでいた。

『だましたな。オレに何かあったら、お前も道連れにしてやる』

今度も既読はつかないかもしれない。だけど、普段の自分だったら絶対に言えないことが、今日ははっきり言えた。

電車を二時間ほど乗り継ぎ、ようやく、未希子の自宅の最寄り駅に着く。スマホの地図アプリで住所を打ち込むと、「徒歩三十分」という数字が表示された。意外と駅から離れているけれど、このあたりはみんな車で移動するのかもしれない。東京に来てから、五分に一度の間隔で電車が来ること、電車とバスがあればほぼ移動に苦労しないことを知って感動していたけど、未希子の自宅のあるあたりは都心と近くても、どちらかといえば耀太の実家の山形に近いイメージがあった。

周辺地図の掲示板を見る。未希子に教えられた住所は駅の南側だった。

駅には、パン屋と花屋くらいしかない小さな商業施設があり、近くには薬局やチェーンの居酒屋の姿もあったが、歩き始めて十分もすると、住宅街の合間に小さな畑の姿がポツポツ目につくようになった。畑の畝《うね》に沿って張られた黒いビニールシートが風に揺れ、太陽の光を弾いていた。地元のことを、また思い出した。

自分が何をしに行くのかわからない、という、妙な現実感のなさは続いていた。未希子を助け出したい、止めたい、という気持ちは変わらない。だけど、彼女の家を目指しながらも、着かなければいいのに、と逃げ出したいような気持ちも同時にこみ上げる。一日、遠くから家を見たら、それで自分は納得してしまうかもしれない。時間をかけてここまできたけど、でも――。

葛藤する思いの中で、でも、確実に胸にあるのは、未希子の姿を一目見たい、という強烈な欲求だった。顔を見て、名乗れるのかどうかわからない。だけど、姿さえ見たら、耀太の心の揺れもすべて収まって、どうするべきか、運命が勝手に動きだすような気もしていた。

敷地を覆う低い柵にたくさんのバラの花が絡んだ家だった。

地図アプリの目標地点と、現在地の丸が重なる。「到着しました」という文字が画面に表示される。

思っていたより、ずっと小さな家だ。

未希子に対して、あれだけ尊大にふるまう夫が建てたなら、もっとずっと大きくて如何《い》にも《か》金持ち然とした家だろうと想像していた。耀太の実家とそんなに変わらない様子の、新しさのない日本家屋。玄関の脇に停まっている車も国産車で、ベンツとかの外車じゃない。

だけど――玄関の裏に回ると、庭に見覚えがあった。未希子が管理する、季節の草木で彩《いろど》られた庭。鈍く光る鉄製のテーブルと椅子のセットを見てドキッとする。Facebookの彼女の投稿で見たのと同じものだ。

チョキン、とふいに音がした。その音に、耀太は背筋を伸ばす。

チョキン。音がまたする。

バラの生い茂る柵の前に身を乗り出すようにして庭を覗き込むと、奥に、男が立っていた。庭木の手入れをしているようで、長い剪定バサミを手に、高い場所にある木々の枝を仰《あお》いでいる。

そのハサミを見たら——視線が逸らせなくなった。

——剪定バサミの刃を向けられて——次は切るぞと脅されて——実際に髪の毛を切られてしまったことがあります——

「あの」という声がしたのは、その時だった。

はっと、耀太は息を呑む。剪定バサミを手にしたその男が、庭の奥からこちらを見ていた。

「どうかされましたか。うちに何か用事ですか」

目が合った。

夢の中で見た長身の男とはまるでイメージが違う、思ったよりずっと年を取っている印象の、背の小さな、貧相な男だった。電車や何かで一緒になったり、街ですれ違ってもまったく記憶に残らないような、どう見ても普通のおじさん。人のよさそうな顔つきで、レンズの厚い眼鏡をかけていた。頭髪が真ん中だけ薄くて、とても、Facebook に登場する未希子の隣にいて釣り合うようには見えない。

だけど、こういう人がそうなんだ、と、嚙み締めるように思う。思うと、こみあげてくるのは、猛烈な許せない、という感情だった。こんな普通な、善良そうな顔をして、家庭の中でだけ弱い立場の人間に暴力を振るう。

庭に面した縁側の窓が閉められていた。厚い摺《す》りガラスのせいで中の様子は見えない。だけど、この中に未希子がいるのだ。摺りガラスの曇り方が、まるで外の世界から彼女を完全に隠しているように思えてくる。

「――オレ、知っています」

何をしにきたのか、一瞬前までわからなかったし、何も決断していなかったはずなのに、男を前にしたら、自然と声が出た。え、と男の顔に怪訝《けげん》そうな表情が浮かぶ。

動揺しろ、と念じていた。

お前が、家族にしていることを知っている。それを伝えるだけで、こういう卑怯な男は十分に動揺するんじゃないか。震える声が出た。

「オレ、知ってます。あなたが奥さんに何をしてるか。娘さんの骨折、本当はどうしてなのか。全部」

男の顔にはっきりと驚きの表情が浮かんだ。やっぱり他人に知られるのは怖いのだ。知っているから、もう二度と未希子に手を出すな――耀太が続けようとした、まさにその時だった。

閉ざされていた縁側の窓が、カラカラ、と音を立てた。開いていく。摺りガラスの向こうに人影が見える。窓枠にかけた手が外に向けて覗く。その手が明らかに女性のものだと脳が理解した途端、耀太は自分でも信じられないほどの速さで、バラの柵を——乗り越えていた。

「未希子さん」

叫んだつもりだったけれど、思ったより小さな、呟くような声になった。躊躇っている暇はない。連れて逃げるなら、一瞬の隙をつくしかない。

「ちょっと、キミ……！」

男が、慌てたようにこちらに走ってくる。耀太に向けて手を伸ばす。投げ出した柄《え》の長い剪定バサミが芝生の上を転がる光景が、スローモーションのようにゆっくりと見えた。鋭い刃先が光るのを見て、耀太は、咄嗟《とっさ》にハサミを手にしていた。男が伸ばした手が、耀太の肩を摑む。貧相に見えていたのに、思っていたより強い力だった。その力に驚いて、がむしゃらに剪定バサミの柄を振ると、長い二本の柄が男の腹の真ん中に沈んだ。男の体が仰《の》け反《ぞ》る。

その瞬間、ああ、こんなふうにして、未希子のことも殴ったのかと思った。頭にさらに血が上った。刃の近くを摑んで続けて振ると、柄が、さらに男の顔と頭にあたった。眼鏡がはじけ飛ぶ。

殴っているのは自分のはずなのに、耀太自身の——どこかが、何かが熱い。体のどこかが焼けたような感覚が走り、だけど痛みの場所がわからない。目を落とすと、耀太の右手がハサミの刃で切れていた。

痛い。刃で切るって、こんなに痛いのか。

そう思った瞬間、悲鳴が――高い悲鳴が聞こえた。目の前の男から、耀太がようやく縁側の窓に焦点を移す。そこに、女性がいた。

「未希……」

未希子さん、と呼ぼうとした。だけど、その声が行き場をなくす。えっ、と目を見開き、本当に、どんな声も出て来なくなる。

知らない女性が、そこに立っていた。

耀太はもちろん、未希子の顔を知らない。Facebookでも、投稿された写真はすべて顔から下が映るだけだった。だけど、それでも絶対に違う、という気がした。耀太の知っているあの未希子じゃない。そこには、耀太に殴《なぐ》られて頽《くずお》れた男と同年代の、如何にも彼の妻としてしっくりくる様子の女性が立ち尽くしていた。

Facebookの最後の投稿が五年前だったことを思い出す。だけど、それにしたって――。あの写真で見たプロポーションとはだいぶ違う、ふっくらとした、くびれのない体つきだった。化粧気のない顔、無造作に束ねられた長い髪。

悲鳴は、彼女が上げたもののようだった。本当に、この人があの未希子なのか――連れ出すために踏み出しかけた足が止まる。手を引いて逃げてもいいのか、わからなくて、驚愕に見開いた目をただただ、彼女に向ける。けれど、その女性の目の中に見えるのは純粋な恐怖と驚きに見えた。

「あなたっ！」

未希子らしき女性が、素足のまま、庭に飛び出してくる。耀太に向けてではなく、倒れて、殴られた頭を押さえる夫の方に駆け寄る。さらにさらに細い悲鳴が上がったのは、次の瞬間だった。

きゃあ！

縁側の向こうに広がる家の中の様子が、よく見えた。Facebookに上げられたような洗練された雰囲気より、ずっとずっと生活感のある古いフローリングの床とクリーム色の毛羽立った絨毯《じゅうたん》。その向こうに、女の子が立っていた。高校生くらいの。

物音に気付いて、出てきたのかもしれない。未希子の言っていた、おそらく「娘」だ。

ピンときた。だけど、立っている。

骨折、していない。

彼女と耀太は目が合った。娘の目も、驚愕に見開かれ、耀太をただ、凝視している。

その目に見られたら――、次の瞬間、逃げ出していた。

剪定バサミを投げ出して、バラの柵を乗り越え、駆けて、駆けて、駆ける。後ろから

「待てっ！」という男の大きな声がした。だけど、後ろも振り向かずにただただ走った。走りながら、風が沁《し》みた。剪定バサミで切った右手の掌《てのひら》が、思い出したように、燃えるような鋭い痛みを放つ。いってえ、と声に出す。声に出しながら、混乱して、また出す。いてえ、本当にマジでいてえ。柵を乗り越えた際にバラのトゲであちこち傷つけたのか、ハサミの傷だけじゃなく、他のところも全部、少しずつ痛い。

心拍数が激しく上がって、心臓がドンドン、内側から耀太を叩きつけているようだった。息が続く限り、知らない街を走るうちに、混乱を極めた頭が、それでも少しずつ冷静さを取り戻していく。

どういうことなんだ――と考える。混乱しながら。考える。

たぶん、あの女性が――印象が違っても、おそらく未希子だった。Facebookとだいぶ変わっているように見えても、今は、SNSに投稿する写真をみんなが加工したり、盛ったりできる世の中だし、体型だってこの五年で変わったのかもしれない。きっと未希子だった。だったら、やはり連れ出すべきだったのかもしれない。でも――。

だけど、娘は骨折していなかった。未希子は嘘をついていたのか？　それとも、彼女は最初からデタラメな住所を教えていた？　けれど、あの庭は、確かに投稿記事で見た写真とそっくりだった。特に庭用に出されたテーブルと椅子は、投稿写真そのままだった。

すぐにも、スマホで確認したかった。あの家が、本当に教えられた未希子の住所だったのか。自分の入力が間違っていたんじゃないか――。

混乱しながら、確認しようとズボンのポケットに手を入れて、耀太は天を仰いだ。全身から、ぶわっと汗が噴き出す。

スマホが、ない。

まさか、そんな――と、ポケットを探る。さっきまであんなに火を噴くように熱かった手の傷の痛みが一瞬で吹き飛ぶ。上着も、下着の中さえ全部確認して、けれど、スマホのあの硬い感触がどこにもないことがわかると、足先が真っ暗なブラックホールに沈み込んでいく感覚に陥る。

人を殴ってしまった事実が、改めて喉元にまでせりあがって、胃がひっくり返りそうになる。

未希子は、あの家の人たちは、今、どうしているだろう。耀太は、一体、どうすれば――。

スマホを取りに戻りたかった。あの家に行く一瞬前まで、耀太はスマホの画面を見ていた。あの時点までは確かにあったのに、落としたとしたら、さっきの庭だとしか思えなかった。

なんて、バカなことを。

途方に暮れ、震えながら、思う。

しばらく迷って、知らない街を歩くうち、駅がどっちだったのかもわからなくなる。スマホがなければ、方向だってろくにわからない。あの家に戻る勇気など、もちろんなかった。

心細さに震えていると、五月の夕方は、まだ肌寒かった。薄手の上着だけを羽織った体が冷たくなっていくのがわかる。ようやくたどり着いた駅は、耀太が最初に降りた、あの最寄り駅ではない、別の駅だった。いつの間にか、だいぶ距離を歩いていた。スマホのことも、あの家のことも、未希子のことも、もちろん気になるけれど、ひとまず、ここを離れて、帰るしかない。

駅の改札に向かおうとした、その時だった。

「ちょっとすいません」

呼び止められた瞬間に、頭の、体の全部が震えた。

振り返るまでの数秒が、とても、とても長い時間に感じられた。はい、と強張った声を返し、後ろを向くと、制服姿の警察官が、冗談のように立っていた。

「職務質問をお願いしてもいいですか。この付近で、本日、傷害事件がありまして、犯人が逃走中なんです。お急ぎのところ申し訳ないですが、ご協力いただけますか」

駅を張られていたのかもしれない。口調は丁寧だが、有無を言わさぬ声音だった。右手の掌に走った傷が、思い出したようにまた、熱を持ってじんじんと疼《うず》き始める。

ああ——。と耀太は思った。

家まで、歩いて帰ればよかった。

人生が終わった、と感じた。

◆

取り調べに際し、耀太は「詳しい話はできない」と答えた。

それは、本当に言葉通りの意味だった。自分でもわからないのだ。何が起きたのか。一体、自分は何をしてしまったのか。

耀太が知る「事実」を話せば、それはそのまま、振り込め詐欺にまつわるあれこれを話すことになってしまうし、何より——「未希子」の立場を考え続けていた。

あの日、庭に飛び出てきて「あなた」と男に駆け寄った、あの家の妻。面影はずいぶん違うけれど、彼女が本当に未希子だったなら。耀太が洗いざらい話してしまうことで、未希子は、Facebookで見知らぬ男とやり取りをしていたことを夫に知られることになってしまう。アカウントは消していたけれど、その男に、「あなたが好きです」と書いたことも、もしバレてしまったら。

彼女はあれから、夫と何を話しただろう。耀太が、自分がメッセージをやり取りしていたあの相手だと、気づいたろうか。

「隈井健也さんの家には何をしに行ったの」

何度目かわからない、警察からの取り調べの途中で名前が出て、沈黙していた耀太は
「くまい……」と思わず名前を呟いた。

「あの、オレが殴った男の人、隈井っていう名前なんですか」

尋ねると、取り調べにあたっていた二人が密かに息を呑む気配があった。どうやら本当に面識がないのだ、と二人が思った様子なのが伝わってくる。

知りたいのは、隈井の、妻の名前の方だった。隈井未希子というんじゃないのか。だけど、警察相手にそこまで聞けないのがもどかしい。

その質問を境に、彼らの尋ね方が変わった。

「なぜ、自宅からここまできたのか」

「あの家を覗いていたのはなぜか。たまたまだったのか」

「普段の生活は、どんな様子だったのか」

耀太の生活全般に対して尋ねる方向の質問が多くなり、なんとなく、彼らが耀太の「動機」を想像し始めたのがわかった。個人的な恨みではなく、誰でもよかったという通り魔的な犯行だったのではないか——。うっすらとそう想像し始めている感じがある。

はっきり言葉にしないが、コロナ禍だから、という状況も、それに関係している気がした。

「山形からせっかく出てきたのに、このコロナだもん。気が滅入ったよな」

誘導するように言われたら、そういうことにした方がマシに思えてきた。こんな時でも、それ、言われるんだな、と妙に感心しながら。

殴った凶器が、元から持参してきたものではなく、あの家にあった剪定バサミの柄の部分だったことも、彼らがそう思う理由の一つになったようだった。計画的な犯行ではなく、行き当たりばったりな、目が合って、相手のことが気に食わなかった、とか、そういう些細《ささい》な理由で耀太が暴れたのではないか、と彼らの中でストーリーが定まっていく。つまりは「むしゃくしゃしていて、誰でもよかった」とか、そういう理由だ。この町を選んだのも「衝動的に電車に乗って、気づいたら降りていた」と答えたら、神妙な顔をして聞いてくれた。

恨みで動くより、そっちの方がよっぽどヤバイ奴じゃん——と思うけれど、耀太からは何も言えない。

留置所には、他にも数人、万引きで捕まったという初老の男性とか、酔って路上で暴れていたという男など、何人かがいた。路上で寝ていた酔っ払いはここに入るのが初めてではない様子で、「今は前に比べると、留置所もずっと人が少ないよ。やっぱ、コロナだから、みんな家にいて、おとなしくしてるし」と得意顔で耀太に教えてくれた。何日も風呂に入っていないような、饐《す》えた臭いがする。

「兄ちゃんの事件、これ？　なんでこんなことしちゃったの」

留置所でも新聞が読めるのだ、ということを、耀太は自分が入ってみて初めて知った。耀太があの男を殴った事件の記事が、地元の新聞に小さく出ている。「コロナ禍でのストレス？」という見出しを見て、なんとも言えない気持ちになる。

二十五日の一面は、緊急事態宣言が今夜にも解除される、というものだった。この先、これまで止まっていた何がどう再開されていくのか、新たな基準は——という文章を見ながら、どうしようもない分裂感を覚える。新たに再開される「日常」の中には、学校の再開も当然含まれている。

ずっと家にいたこの数ヵ月間、ゴールが見えないように感じていたのに、なのに——再開するのか。宣言が解除される日が、本当に来たのか。全身から力が抜けていくようだった。

弁護士が訪ねてきたのは、その翌日だった。

耀太の事件は、山形の両親の元にも連絡がいったようだった。それを知って耀太の心は千々《ちぢ》に乱れたが、どうやら両親が、親戚の知り合いのつてを辿《たど》って、東京で活動するその山田《やまだ》という弁護士に依頼してくれたらしい。

情けなく、申し訳なかった。

けれど、「君の力になるよ」と言われると、それだけで敵陣の中で初めて味方が来てくれた頼もしさがあった。親になんと言って謝ればいいのか、説明すればいいのか、考えるだけで泣きそうになるけど、素直にありがたかった。

弁護士がついてからは、あっという間だった。次に来た時、山田から、「先方が示談に応じてくれそうだ」と告げられた。

「幸い怪我も軽傷だったし、向こうも事を荒立てるつもりはないそうで、治療費のみをもらえたら、それでいいと言ってくれてる。本当によかったよ、不起訴処分になる」

山田が言う。その言葉に、耀太は、ただただ頭を下げてお礼を言った。

「ありがとうございます。よろしくお願いします」

交渉を進めてもらい、勾留《こうりゅう》されている間に、無事に示談が成立した。

未希子のおかげかもしれない、と内心、思っていた。

彼女がFacebookのことを夫に打ち明けたのではないか。妻の不貞がバレることを嫌った夫が、外聞を気にして早々に示談にするのはありそうなことに思えた。

未希子は——話したのか。あの夫に、自分の身を顧みずに。

逮捕されて三日後、緊急事態宣言が明けた街に、耀太は釈放された。

あの日、隈井家の庭に忘れていったスマホも無事に返されたが、ディスプレイに大きなヒビが二本、入っていた。だけど、どうにか使えそうで、ひとまずほっとする。

山田とともに自宅に帰ると――あれ、と思った。

ドアノブがぐらぐらになって、鍵が壊れている。山田に「警察ですかね？」と尋ねると、彼も驚いていた。「家宅捜索まではしなかった、と聞いているけど」と戸惑っていた。

室内が荒れていた。その様子を見て、山田が「空き巣だ」と言った。

「すごい偶然だけど、耀太くんが勾留されている間に、どうやら、これ、空き巣にやられたんだよ。なくなってるものはない？」

「え、そんなことって……」

困惑しながら、通帳などの貴重品の入っていた場所を探すと、幸いにして通帳は手つかずで残されていた。ほっとして、他の場所を確認する途中で「あっ」と声が出た。山田に「なに？」と尋ねられ、慌てて「いえ、なんでもないです」と答えた。

「何も盗られてないみたいです」

けれど、本当は「バイト」の道具が一式、すべて消えていた。

振り込め詐欺用のスマホとパソコン、リストが保存されたUSBメモリ。こっそりとスマホのLINEを開くと、この間、甲斐斗に送ったメッセージにいつの間にか既読がついていた。お前も道連れだ、と送った、アレだ。

あれを読んで、耀太が警察に駆けこむと思ったのかもしれない。あわてて、自分の〝先輩〟たちに言って、仕事道具を回収したに違いなかった。

荒れた部屋の中で深呼吸をすると、安堵《あんど》と、情けなさと、今更こみ上げた恐怖で、腰がへなへなと崩れた。顔を伏せ、「すみません」と口に出すと、山田が背中を撫でてくれた。その手のあたたかさにつられてまた涙が出る。「すみません、すみません」と謝りながら、耀太はようやく自分の場所に戻ってこられた安堵感に、しゃくりあげて泣いた。

◆

この世の終わりだ、と一度、耀太は思った。

これまで「純粋」で「真面目」に伸びていた人生の軌道が曲がって、もう、取り返しがつかない。事件を起こして、警察にも逮捕されて、もう大学だってやめなきゃならないだろうし、みんなに知られて、もう――。

そう思っていたのに、耀太の世界は終わらなかった。

まず、両親ときちんと話せた。親からは最初、やはりというべきか、こっぴどく叱られた。一人暮らしなんてさせたのがいけない、もう、お前、実家に帰ってこい――そんなふうに言う父を、「まあまあ」と山田弁護士が取りなしてくれた。

「幸い、報道でも耀太くんの名前は出ませんでしたし、先方も未来ある若者の前途を考えて、事件化は望まない、と言ってくださいましたから。しばらく時間を置いて考えてみられては」

その後、母が、せっかく入った大学なのにもったいない、と言い出し、そもそも大学に行ったはずなのに、急に山形に戻ってきた方が近所でも噂になってしまう――という話になって、ひとまず、耀太は東京に残ることになった。コロナの影響もあってそういう結論になったのだろう。思ったら、この期に及んでまだそんなことを気にする両親に、自分のことを棚に上げて、ちょっと呆れた。

退学になるだろうと思っていた大学も、やめなくて済んだ。

山田と一緒に教務課の窓口に赴《おもむ》き、事情を説明すると、「精神的に追い詰められていて、事件の前後のことをよく覚えていない」という耀太の言葉を聞いた上で、丁寧に話し合いの場を設けてくれ、大学の保健センターで定期的にカウンセリングを受けることを条件に、退学はまぬかれることになった。

報道で大学名が出なかったこと、事件の扱いも地方新聞一紙だけが報じた小さなものだったことから、厳重に注意を受けただけで済んだ。示談が成立していたことも大きかった。もしどこかが後追いで取材をしていたらわからなかった、と山田に言われ、肝が冷えた。緊急事態宣言解除のニュースに紙面を大きく取られ、他の話題がかすんだことも幸いしたようだ。

小学校や中学、高校と比べて、大学は動きが遅かったけれど、六月の終わりになると、遅れに遅れていた入学式がようやくソーシャルディスタンスを保った状態で構内のホールで行われ、授業もぽつぽつ始まった。オンラインと半々くらいではあるものの、大学に行ける日も増えてきた。

春先にバイトを断られたファストフード店から電話がかかってきたのも、その頃だった。

『前に一度採用を決めたのに断ってしまって申し訳なかった。営業時間が通常に戻ったから、まだ他のバイトが決まっていないなら、うちに来ないか』

そう、声をかけられた。だから、今は、週に三回から四回、駅前のファストフード店で働いている。友達も、そこでできた。

どこで何をしていても、「withコロナ」や「新しい日常」は意識するけれど、それでも少しずつ、耀太の周りに「日常」は戻ってきたのだ。世界は終わらなかった。

大きなヒビが画面に入ったままのスマホに電話がかかってきたのは、そんな日常に慣れ始めた、七月の中旬だった。

『加賀、耀太さんですか』

か細い、少し幼い印象のある女性の声だった。「そうですけど」と答えながら、心拍数が上がる。この電話を、耀太は無意識にどこかで待っていた気がする。

『一度会って、お話をしませんか。私――』

彼女が名乗るまでに、一拍、沈黙があった。しかし、彼女が言った。躊躇うように、でもしっかりと。

『私、「未希子」です』

◆

待ち合わせたL大学の図書館前の広場に、彼女は一人でやってきた。

ちょうど、授業がある日で、他に場所が思いつかなかったから、耀太の方からこの場所を指定した。――自宅のある飯能市からは距離があるけれど、彼女はきちんと来た。

耀太と目が合うと、気まずそうにぎくしゃくと会釈《えしやく》する。その顔を見て、耀太は混乱しながらも、この子だったのか――と思う。

「本当はなんていう名前なの？」

「――いちか。一つの華、で一華。華の字は難しい方」

立っていたのは、あの日、耀太が踏み込んだ庭を呆然と家の奥から眺めていた、「未希子」の娘だった。

骨折をしたはずなのに、と耀太が驚愕して見開いた目を、まっすぐじっと見つめ返してきた女の子。「未希子」の話だと高校一年生の娘。

一華が黒目がちの目をじっとこちらに向ける。春に会った時は眉の少し下までの長さだった前髪が、今は、さらに伸びて大人っぽく左右に分けられている。前より、黒髪がつややかだと感じた。一重《ひとえ》の細い目。手作りふうの花柄の布マスクをしているせいで鼻から下は見えないが、古風な日本人形みたいな顔立ちだと思った。

耀太と一華は、図書館前の長い階段に腰かけた。一段飛ばしにして、十分なソーシャルディスタンスを確保して、座る。

耀太の方から、まず尋ねた。

「――キミがお母さんを名乗って、ずっとオレとメールしてたってこと？　最初から？」

「そうです。あの『未希子』は母のアカウント。ずっと放置してたみたいなんだけど、私、あの頃、偶然、見つけちゃって。で、暇だったからなんとなく、返信して。だけど、まさか、本当にうちまで来ちゃうなんて思わなかったから、すごくびっくりした」

そうだったのか――と深く吐息が洩れる。

「未希子」の投稿記事が五年前で止まっていたことを思い出す。あれは、その頃から完全にアカウントの主が放置していた、ということに過ぎなかったのだ。

「最初は——」

一華がぽつりぽつりと話し出す。

「軽い気持ち、だったんです。お母さんのアカウントに送ってくるなんて、きっと詐欺とかかもしれないし、だったら、その相手のこと、暇つぶしにからかってやろうって」

「めっちゃうまかったよ。オレ、本当に主婦の人だと思ったもん」

本当は怒るべきなのかもしれないけれど、詐欺目的で近づいたのは、耀太の方だ。つい軽い口調になって言うと、一華の顔が初めて緊張を解いた。少しだけ頬を緩めて言う。

「母が前にやり取りしていた内容を参考にして、真似しながら書きました。ひょっとしたら、同じ人かと思って。だとしたら、騙し返したい、みたいな気持ちもあったし」

「同じ人？」

「母を騙した人」

聞き返すタイミングを逸した。黙ってしまうと、一華の方で続けた。「Facebookって、前にやり取りしたメッセージの履歴、見られるから」と。

「母、五年前くらいに、やられてて、ロマンス詐欺。言われるがまま、何十万円もするアクセサリー買っちゃったり、相手の会社が借金で困ってるって聞いて、家の口座からちょこちょこ結構な金額を振り込んでて。あの頃は、それを知ったばかりで、信じられない気持ちでした。それを、家のリビングのパソコンに、私や父も見られるかもしれない状態で履歴をそのままにしてるのも、なんかもう――。あの時期は私、そんなこんなで、ほんと、人間不信に近い心境だったんです」

ロマンス詐欺、という言葉を、あのことの後で耀太は知った。

国際ロマンス詐欺などとも呼ばれ、海外の相手から「愛している」とか「結婚してほしい」とか、映画や小説さながらの熱烈なアプローチをされ、恋する気持ちを利用されて金を騙し取られる。耀太がしていたことはそれとは少し違うけれど、「ロマンス」の響きに胸がちくりとする。

未希子の――あの平凡そうな主婦の顔を思い出す。特別美人、というタイプじゃないけど、おとなしそうで、善良そうな人に見えていた。でも思い出す。耀太がもらった、彼女の名前が載ったリストは、確かにそういうリストだった。

一華がふっと笑った。

「母の本当の年はね、四十五歳」

耀太がまた言葉に詰まる。その反応を楽しむように、「おかしいと思わなかった?」と、尋ねる。

「私みたいな年の子どもがいるのに三十五歳じゃ、いろいろ計算合わないのに、変だと思わなかった？」

「いや、その時はそこまで気が回らなかったっていうか」

「母の投稿記事ね、あれ、全部、デタラメです。完全なデタラメってわけじゃないけど、実際の自分の写真をものすごく加工したり、作った料理の写真の光のあて方とかを詐欺レベルまでいじったりして、実物と程遠いものばっか。結婚するまで働いてたのは本当だけど、それだって別にフランス語の通訳とかじゃないし。――読んでてげんなりしちゃった。うちの母、こんなステレオタイプな感じに憧れてるつまんない人なんだなって。ただでさえ、学校休みですることなくて憂鬱《ゆううつ》な中、親のくだらない見栄とか性癖とかまとめて見させられてる気がして、本当に、ものすごく呆れた。アカウント、削除するとか考えなかったのかなって、そういう意識の低さにもいい加減、うんざり」

「五年前、お母さんはお金を貢《みつ》いでた相手との間で、その、実際、そういうロマンスな感じのやり取りしてたの？」

「うん。愛してるとか、浮かれたやり取りしてさ。バカみたいだよね、会ったこと一度もないような相手に何十万も振り込んでるのに、相手が返す『ありがとう、君に出会えてよかった』みたいな薄っぺらい言葉だけで何度も繰り返すの。なんで信じるの？って理解不能だけど、それで相手に書くの。今の結婚は拷問《ごうもん》だ、とか、自由がないとか、娘のせいで別れられないとか」

「つらいじゃん、そんなの読むの」

思わず言っていた。「娘のせい」のその娘が、実際にそれを読むのはどんな気持ちだったろう。アカウントを隠しきれなかったことも、一華が言う通りとんでもなく無神経だ。

耀太の言葉に、一華がきょとんとした表情を浮かべる。だけど、すぐに笑った。自嘲や苦笑ではなく、本当におもしろいみたいに。

「――『大倉さん』のメッセージはさ、そういうところ、あったよね」

「え?」

「詐欺なんだろうなって、こっちは思ってるんだけど、妙に肩入れしてきたり、何かが抜けてるっていうか、ちょっとズレてるんだけど、一生懸命に書いてる感じがして、あれ? この人ってひょっとして詐欺じゃないのかな? って、私も何度も思いそうになった。でも最終的にお金の話になって、詐欺だったわけだけど」

そうでしょ? と一華が耀太を見る。そうされると、耀太も「すみません」と謝るしかなかった。

「――だから、思っちゃったんだ。この人、本当にいるのかもって。嘘みたいな経歴だし、そんな人がうちのお母さんのアカウントに興味持つなんて思えなかったけど、だけど、もしいるなら、私を助けてくれないかなって、途中からはそんな気持ちでやり取り、してた」

「家、出たかったんだ。お母さんのそういうデリカシーがないとこ、本気で嫌だったし、私、このままじゃ一生、この家から出してもらえないんだろうなって思ったら、生きてく意味がわかんなくなっちゃって。ただでさえ、あの頃は、コロナで毎日、あの人たちと一緒の家に閉じ込められてるの勘弁してほしかったのに、あの人たち、コロナのせいで、家族の大切さがわかった、とか言い出してさ。進学にしろ就職にしろ、この家から通える範囲にするようにって、言い始めて。そしたら、未来が見えなくなった」

未来が見えない、という言葉を聞いて、胸がぐっと、絞られる感覚があった。

山形から進学で上京することが決まった時の誇らしさ、だけど、前に進めない閉塞感。

「未希子」が「親を好きではない」と書いていたことを思い出した。「娘の自由を脅かすなら、許さない」「あの子の人生を、親の好きにはさせない」と書かれていたことも、妙に印象に残っている。

あの言葉は、一華の心の叫びだったのだろうか。

「だから、六本木のオフィスに逃げてきたかったの？」

存在しない架空の会社。尋ねると、一華がこくん、と頷いた。

「夫の暴力から逃げるために、せめて娘だけでも――って、私のことを頼めば、この人だったら置いてくれるかもなって、半分くらいは本気で考えた。だけどわかんない。自分が実際、どれくらい本気だったのか」

「その気持ちは、オレもわかるよ」

耀太が言うと、一華が怪訝そうにこちらを見た。

今になって振り返ると、どうしてあんな精神状態になっていたかわからないけれど、

「未希子」相手に不自然かもしれない言葉や要求を重ねる時、耀太もまた、どこまで自分が本気で何を望んでいるのか、すべての境界がひどく曖昧に揺らいでいた。

「オレも、別に六本木の社長じゃなかったから。自分にオフィスなんてないこと、知ってるのに、本気で助けられるような気持ちになってた。どうにもできないのに」

「――お父さんのＤＶの話ね、あれ、半分本当」

ぽつりと落ちた呟きに、心臓が凍った。

一華の顔は、笑っていなかった。真顔のまま、だけど、取り立てて深刻なことを話す、という様子もなく、平然とこちらを見つめ返してきた。

「お母さん、ずっと言われてたよ。お前は働いてないくせになんだ、誰の金で生活してるんだ、主婦なんて暇なくせにこんなこともできないのか、とか、いろいろ。お酒入った時とか、お母さん、殴られてたことも、私が小さい頃はよくあった。階段から落ちて、お母さんがギプスしてたの、私が幼稚園の頃だけど、なんとなく覚えてるし。今聞いて

も、そんなことなかったって言われるけど」

一華が唐突に耀太を見上げた。大人っぽくて、構内にいても違和感なく大学生のように見えるけど、この子が高校一年生であることがふいに胸に迫る。

一華が尋ねる。これもまた、淡々と。

「――っていうような話をしたら、信じる？　これも嘘かもしれないけど」

「信じるよ」

咄嗟《とっさ》に言っていた。耀太の言葉に一華の表情が固まる。騙されているのかもしれない。だけど、信じたところで、耀太が失うものは何もないのだから、だったら、信じようと思った。

「そっか」

一華はそれだけ言って目を伏せた。嘘か本当か明かさないまま、「信じるんだ」とだけ言った。彼女が顔を上げる。

「会ったこともない、知らない詐欺まがいの相手には、お母さん、もう別れたいとか、夫なんて死ねばいいとか書いてたくせにさ、別にうちの中だと普通なんだよね。言葉のDVとか、モラハラされてても、はいはいって流してる。お父さんも、私にはまあ、多少、束縛する感じもあるけど、それだって別に異常な感じとまではいかないし」

気のよさそうなあの家のお父さんを自分が、ひょっとして見当違いな思い込みで怪我させてしまったんじゃないかと、ここ二ヵ月、耀太は気にしていた。善良そうな人だったのに、騙されて殴ってしまったんじゃないか──と。

　何が真実か、わからない。耀太に踏み込める問題でもない。

──夫のことは、私が殺します。

　一華は、本気で書いたわけじゃなかったかもしれない。だけど、心のどこかに、それでもその「本気」の種は確かにあった。母親にそう言ってほしかったのか。自分がそう思ったのか。それともそんな単純に分けて言い表せることでもないのかもしれない。

「家出して、その間、かくまってもらえる場所をあなたに提供してもらえたらいいなって思ってたのはほんとだけど、きっと詐欺だろうなって思ってたのも、矛盾するけど、ほんとなの。それでも、お金要求される話になって、口座とかまで書かれたら、あー、やっぱりそうだったんだって、めちゃめちゃがっかりした。六本木、行きたかったのに」

「──ごめんね」

「最後に送ったメッセージで、本当にもう何も返信とかしないつもりだったんだよ。だから、アカウントも今度こそ、私が消したし。まさか、家まで来てくれるなんて思わなかったから、すごく驚いた。なんか、庭でパパのこと殴ってるし、うっそ、バカじゃんってびっくりした。しかも、六本木の社長と違って、すごい若いし。見たら──なんか怖くなっちゃって」

「うん。それもごめん」

見知らぬ若い男がいきなり家にやってきて、親に暴力を振るっているのだ。しかも、彼女にはその段階で、ひょっとしたら、と思う心当たりだってあった。怖かったろう。そう思って当然だ。

だけど——気になった。

今、一華は「来てくれるなんて」という言い方をした。耀太の方から尋ねる。

「だけど、どうして住所、教えてくれたの。本当に、自分が住んでる家の」

「うーん。なんでだろ、来てくれたらいいなって、思ったよ。お父さん、在宅ワークになってから、お母さんにも私にも、ほんと前にも増してモラハラ暴君って感じだったから、この人、天罰受けて殴られたらいいな、とかは確かに思ってた。もし本当にあなたが来てくれたら、『お母さんは一緒に行けないけど、私だけ逃げるように言われました』とかなんとか言って、連れてってもらおう、そしたら、あの両親も反省するかも、とか、妄想したりもしてたし。実際は、足が竦んで、悲鳴上げただけになっちゃったけど」

これまたどこまで本気かわからない軽い口調で言ってから、「でも」と、その口調が急に真面目になる。

「それこそ、お互い様かもね。あなたが私に、自分の電話番号を教えたのと。かけたら、ちゃんとつながったし。ほんとの番号だったんだね」

「うん」

『仕事用』のスマホの番号を教えることだってできたのに、そうしなかった理由は、耀太自身にもうまく説明できない。だから、一華の言う「お互い様」の感覚もなんとなくだけど、わかる。

ふいに、さっきから、互いに名前ではなく、「あなた」「キミ」と呼び合っていることに気づいた。他の誰かに対してだったら、演技がかって聞こえてしまいそうなその呼び名に違和感がまるでない。年上の耀太相手に、一華が対等か、上から話している感じになっていくことも、妙にしっくりくる。あの時間を、たとえ偽った立場同士であっても共有していたのは、やはり、確かにこの子だったのだ。

「ごめんね」

初めて、一華の方が謝った。

「殴らせて、逮捕までされちゃって。警察に通報したの、お母さんだけど、その後で私、親に話したの。全部、正直に。お母さんのFacebookのアカウント見たこととか、そのアカウント使って、あなたとやり取りしてたこと、お母さんが昔、ロマンス詐欺でお金相当払ってたでしょってことも、全部」

「そんなことしたら、――大変じゃん」

息を呑み、慎重に言葉を探したはずが、そんな軽い声しか出てこなかった。だけど、うろたえてしまう。

「キミがそう言ってくれたおかげで、たぶん、オレは示談とかいろいろ、助かったわけだけど、お父さんたちショックだったろうし、キミだって」

「うん。だけど、ようやく、これで全部が変わるかもって思ったの。言いたいことを伝えるには、もう、今しかないって。ほんと、もう離婚するかなこの二人ってくらいの覚悟で話したんだけど、なんかさ」

一華の表情が曇る。目を伏せ、耀太を見ないで言った。

「お父さん、とっくに知ってたみたい。お母さんが、騙されて、お金百万近く振り込んでたこと。それなのに、何もなかったように、平然と二人とも暮らしてたの。私が今回したことに関しても、『そうか、お前のせいだったのか』って言って、それで終わり。気まずいことは何も話したくないみたいに、責めもしないで、何もなかったみたいに、今も私とぎくしゃくしながらも普通に暮らしてるよ。何にも変わらなかった」

一華は一華で、あの日、たぶん、自分の世界が終わる覚悟でいたのだ。

逮捕された耀太が、それこそ、「世界が終わってしまった」と同じ日、別の場所で感じていたように。

それくらいの強い覚悟でいたはずだった。けれど、彼女の世界は変わらずに続いてしまった。耀太にとって、世界が終わらなかったことは幸運でしかなかったけれど、彼女の場合は、おそらくそうじゃなかった。

「どうして、オレに会いにきてくれたの？」

耀太が尋ねると、一華の顔つきがまたちょっと硬くなった。

「謝りたかったから」

一華が言った。

「きっと、何が何だかわかんなかったろうなって思って。今もうちのお母さんのためにやったって思い込んでるんだとしたら、なんか、そんなの、かわいそうだったし」

「かわいそうってひでえな。自分が騙したのに」

「だって」

一華がむくれた表情になる。そうすると、年相応にかわいいな、と普通に思った。淡々と落ち着き払ってる時の話し方よりずっといい。耀太の口から、「ありがと」と自然と声が出ていた。

いろいろと言いたいことはあるし、複雑な思いもあるけど、来てくれたことに、感謝していた。それにたぶん、耀太に会いにくるのは相当、怖かったはずだ。

「あのさ、いっこ、聞きたいんだけど、あの、アップルパイの写真もどっかから拾った写真とかなの？　オレの誕生日にくれた」

「え？　ああ――」

一華がくすりと笑った。

「あれは、お母さんに焼いてもらったの。昔から、お菓子作りとか、あの写真ほどおしゃれな感じじゃないけど、あの人、得意だったから。誕生日だって聞いて、じゃ、お母さんに作ってもらって、その写真送ったら、なんか、いいかなって。好きな男の子に渡すプレゼントを母親に作らせるとかって、ほんと、わかりやすすぎる感じだけど」

好きな男の子、という言葉が出て、場違いにドキリとしてしまう。一華は深い意味なく口にしたのだろうけど、オレ、こういうとこがきっとダメなんだな、と微妙に恥ずかしい。

「あれ、笑っちゃった。Facebookの登録だと誕生日、十二月なのに、なんか急に言ってくるから。あれ、あなたの本当の誕生日なの？」

「そう。十九歳の」

「ふうん」

「あまりに寂しくて、送っちゃった。あの時期、誰も相手してくれなかったから」

「そうなんだ」

一華が笑い、それから、おもむろに階段から立ち上がった。最後の区切りのように、畏《かしこ》まった姿勢になり、腰を九十度に折って頭を下げる。

「本当に、迷惑をかけてすみませんでした」

「あ、うん」

「じゃあ、そういうことで」

花柄の手づくりマスクは、彼女が作ったのだろうか。それとも、彼女の母親が作ったのだろうか。

恵まれている、と自分が言われたことを、ふいに思い出していた。学費を親に出してもらっている分、恵まれている、家だって借りてもらって恵まれている。この大学に、親元を離れて通っていることも、一華にしてみたら、耀太はとんでもなく恵まれているように、きっと映る。たとえ、彼女の家の方が経済的に裕福でも。〝嫌い〟と拒絶しているはずの母親に、次の瞬間にはアップルパイを焼いてもらったり、手作りのマスクを持たされたり、一華の日常はたぶん、そういう日常だ。彼女もまた、「恵まれているのに」と人からは言われるだろう。本人もそれはよくわかっているはずで、でも、だからこそやりきれない窮屈さも、世の中にはある。耀太もそうだし、よくわかる。

「あの、一華ちゃん」

名前を呼んだ。初めて。

一華が振り返り、まばたきする。どうしてそんな気になったのかわからないけど、聞いていた。

「今度、六本木ヒルズ、行く？」

一華が目を見開いた。

下心とか、何か、目的があるわけじゃない。わかんないけど、たぶん、ないはずだと自分に言い聞かせる。

だけど、人は目的や理由がなくやりたいことがあってもいい。この春からのあれこれで、そう思うようになっていた。「オレさ」と続ける。

「行ったことないんだ、一度も。六本木ヒルズ、名前はよく聞くけど、何する場所なのかとかも、そもそもよく知らない。案内はできないけど、よかったら」

「ウケる。なのに、そこの社長名乗ってたの？」

「うん」

「行きたい」

一華が笑った。

マスクの下の唇の形がなんだか想像できそうな、呆れたような、だけど、嬉しそうな微笑みだった。耀太はそう感じたけど、きちんと見えるわけじゃないから、笑っているかなんてわからない。嘘かもしれないけど、でもいいや、と密かに思った。

本書は文春文庫オリジナルです。

初出誌「オール讀物」
「夫の余命」　二〇二〇年七月号
「崖の下」　二〇二〇年七月号
「投了図」　二〇二一年二月号
「孤独な容疑者」　二〇二〇年七月号
「推理研VSパズル研」　二〇二〇年七月号
「2020年のロマンス詐欺」　二〇二一年一月号

DTP制作　エヴリ・シンク

文春文庫

神《かみ》様《さま》の罠《わな》

定価はカバーに
表示してあります

2021年6月10日　第1刷
2022年1月30日　第6刷

著　者　辻村《つじむら》深月《みづき》　乾《いぬい》くるみ　米澤《よねざわ》穂信《ほのぶ》
芦沢《あしざわ》央《よう》　大山《おおやま》誠一郎《せいいちろう》　有栖川《ありすがわ》有栖《ありす》

発行者　花田朋子

発行所　株式会社 文藝春秋

東京都千代田区紀尾井町3-23　〒102-8008
TEL 03・3265・1211㈹
文藝春秋ホームページ　http://www.bunshun.co.jp

落丁、乱丁本は、お手数ですが小社製作部宛お送り下さい。送料小社負担でお取替致します。

印刷・凸版印刷　製本・加藤製本

Printed in Japan
ISBN978-4-16-791702-9

（　）内は解説者。品切の節はご容赦下さい。

池井戸　潤
株価暴落
連続爆破事件に襲われた巨大スーパーの緊急追加支援要請を巡って白水銀行審査部の板東は企画部の二戸と対立する。日本経済の闇と向き合うバンカー達を描く傑作金融ミステリー。
い-64-1

乾《いぬい》　くるみ
イニシエーション・ラブ
甘美で、ときにほろ苦い青春のひとときを瑞々しい筆致で描いた青春小説――と思いきや、最後の二行で全く違った物語に！「必ず二回読みたくなる」と絶賛の傑作ミステリ。（大矢博子）
い-66-1

乾　くるみ
セカンド・ラブ
一九八三年元旦、春香と出会った。僕たちは幸せだった。春香とそっくりな美奈子が現れるまでは。『イニシエーション・ラブ』の衝撃、ふたたび。究極の恋愛ミステリ第二弾。（円堂都司昭）
い-66-5

乾　くるみ
リピート
今の記憶を持ったまま昔の自分に戻る「リピート」。人生のやり直しに臨んだ十人の男女が次々に不審な死を遂げて……。『イニシエーション・ラブ』の著者が放つ傑作ミステリ。（大森　望）
い-66-2

石持浅海
殺し屋、やってます。
《650万円でその殺しを承ります》――コンサルティング会社を経営する富澤允。しかし彼には、殺し屋という裏の顔があった…。殺し屋が日常の謎を推理する異色の短編集。（細谷正充）
い-89-2

伊東　潤
横浜1963
戦後の復興をかけた五輪開催を翌年に控え、変貌していく横浜で起きた女性連続殺人事件。日米ハーフの刑事と日系三世の米軍SPが事件の真相に迫る社会派ミステリ。（誉田龍一）
い-100-3

内田康夫
汚れちまった道（上下）
「ポロリ、ポロリと死んでゆく」――謎の言葉を遺し、萩で行方不明になった新聞記者。中原中也の詩、だんだん見えてくる大きな闇と格闘しながら浅見は山口を駆け巡る！（山前　譲）
う-14-22

（　）内は解説者。品切の節はご容赦下さい。

恩田　陸
木洩れ日に泳ぐ魚
アパートの一室で語り合う男女。過去を懐かしむ二人の言葉に、意外な真実が混じり始める。初夏の風、大きな柱時計、あの男の背中。心理戦が冴える舞台型ミステリー。（鴻上尚史）
お-42-3

恩田　陸
夜の底は柔らかな幻（上下）
国家権力の及ばぬ〈途鎖国〉。特殊能力を持つ在色者たちがこの地の山深く集う時、創造と破壊、歓喜と惨劇の幕が切って落とされる！　恩田ワールド全開のスペクタクル巨編。（大森　望）
お-42-4

恩田　陸
終りなき夜に生れつく
ダークファンタジー大作『夜の底は柔らかな幻』のアナザーストーリーズ。特殊能力を持つ「在色者」たちの凄絶な過去が語られる。至高のアクションホラー。（白井弓子）
お-42-6

大山誠一郎
密室蒐集家
消え失せた射殺犯、密室から落ちてきた死体、警察監視下で起きた二重殺人。密室の謎を解く名探偵・密室蒐集家。これぞ究極の密室ミステリ。本格ミステリ大賞受賞作。（千街晶之）
お-68-1

大山誠一郎
赤い博物館
警視庁付属犯罪資料館の美人館長・緋色冴子が部下の寺田聡と共に、過去の事件の遺留品や資料を元に難事件に挑む。超ハイレベルで予測不能なトリック駆使のミステリー！（飯城勇三）
お-68-2

太田紫織
あしたはれたら死のう
自殺未遂の結果、数年分の記憶と感情の一部を失った遠子。その時に亡くなった同級生の少年・志信と自分はなぜ死を選んだのか――遠子はSNSの日記を唯一の手がかりに謎に迫るが。
お-69-1

太田紫織
銀河の森、オーロラの合唱
地球へとやってきた、慈愛あふれる宇宙人モーンガータ（見た目はほぼ地球人）。オーロラが名物の北海道陸別町で宇宙人と暮らす日本の子どもたちが出会うちょっとだけ不思議な日常の謎。
お-69-2

（　）内は解説者。品切の節はご容赦下さい。

雫井脩介
検察側の罪人（上下）
老夫婦刺殺事件の容疑者の中に、時効事件の重要参考人が。今度こそ罪を償わせると執念を燃やすベテラン検事・最上だが、後輩の沖野はその強引な捜査方針に疑問を抱く。（青木千恵）
し-60-1

塩田武士
雪の香り
十二年前に失踪した恋人が私の前に現れた。だが彼女には何か大きな秘密があるらしい。彼女が隠す「罪」とは。『罪の声』著者が京都の四季を背景に描く純愛ミステリー。（尾関高文）
し-63-1

瀬川コウ
君と放課後リスタート
君を好きだった気持ちさえなくしてしまったのだろうか？　ある日、クラスメート全員が記憶喪失に!?　全ての人間関係の記憶も失われた状態で生まれた謎を「僕」は解き明かせるか。

せ-13-1

髙村　薫
地を這う虫
――人生の大きさは悔しさの大きさで計るんだ。夜警、サラ金とりたて業、代議士のお抱え運転手……。栄光とは無縁に生きる男たちの敗れざるブルース。『愁訴の花』『父が来た道』等四篇。

た-39-1

高野和明
13階段
前科持ち青年・三上は、刑務官・南郷と記憶の無い死刑囚の冤罪をはらす調査をするが、処刑まで時間はわずか。無実の命を救えるか？　江戸川乱歩賞受賞の傑作ミステリー。（友清　哲）
た-65-2

滝沢志郎
明治乙女物語
西欧化の波が押し寄せる鹿鳴館時代。女高師で学ぶ咲と夏は、舞踏会で爆発事件に遭遇。それは、明治を揺るがす大事件の幕開けだった。松本清張賞受賞作の青春ミステリー。（中島京子）
た-103-1

辻村深月
太陽の坐る場所
高校卒業から十年。有名女優になった元同級生キョウコを同窓会に呼ぼうと画策する男女六人。だが彼女に近づく程に思春期の痛みと挫折が甦り……。注目の著者の傑作長編。（宮下奈都）
つ-18-1

（　）内は解説者。品切の節はご容赦下さい。

横山秀夫
動機
三十冊の警察手帳が紛失した――。犯人は内部か外部か。日本推理作家協会賞を受賞した迫真の表題作他、女子高生殺しの前科を持つ男の苦悩を描く「逆転の夏」など全四篇。（香山二三郎）
よ-18-2

横山秀夫
クライマーズ・ハイ
日航機墜落事故が地元新聞社を襲った。衝立岩登攀を予定していた遊軍記者が全権デスクに任命される。組織、仕事、家族、人生の岐路に立たされた男の決断。渾身の感動傑作。（後藤正治）
よ-18-3

横山秀夫
64（ロクヨン）（上下）
昭和64年に起きたD県警史上最悪の未解決事件をめぐり刑事部と警務部が全面戦争に突入。その狭間に落ちた広報官三上は己の真を問われる。ミステリー界を席巻した究極の警察小説。
よ-18-4

米澤穂信
インシテミル
超高額の時給につられ集まった十二人を待っていたのは、より多くの報酬をめぐって互いに殺し合い、犯人を推理する生き残りゲームだった。俊英が放つ新感覚ミステリー。（香山二三郎）
よ-29-1

吉永南央
萩を揺らす雨
紅雲町珈琲屋こよみ
観音さまが見下ろす街で、小さなコーヒー豆の店を営む気丈なおばあさんのお草さんが、店の常連たちとの会話がきっかけで、街で起きた事件の解決に奔走する連作短編集。（大矢博子）
よ-31-1

吉永南央
その日まで
紅雲町珈琲屋こよみ
北関東の紅雲町でコーヒーと和食器の店を営むお草さん。近隣で噂になっている詐欺まがいの不動産取引について調べ始めると、因縁の男の影が……。人気シリーズ第二弾。（瀧井朝世）
よ-31-3

吉永南央
名もなき花の
紅雲町珈琲屋こよみ
新聞記者、彼の師匠である民俗学者、そしてその娘。十五年前のある〈事件〉をきっかけに止まってしまった彼らの時計の針を、お草さんは動かすことができるのか？　好評シリーズ第三弾。
よ-31-4

（　）内は解説者。品切の節はご容赦下さい。

連城三紀彦
わずか一しずくの血
群馬の山中から白骨化した左脚が発見された。これが恐るべき連続猟奇殺人事件の始まりだった。全国各地で見つかる女性の体の一部に事態はますます混沌としていく……。（関口苑生）
れ-1-19

若竹七海
依頼人は死んだ
婚約者の自殺に苦しむみのり。受けていないガン検診の結果通知に当惑するまどか。決して手加減をしない女探偵・葉村晶に持ちこまれる事件の真相は少し切なく、少し怖い。（重里徹也）
わ-10-1

若竹七海
悪いうさぎ
家出した女子高生ミチルを連れ戻す仕事を引き受けたわたしは、ミチルの友人の少女たちが次々に行方不明になっていると知って調査を始める。好評の女探偵・葉村晶シリーズ、待望の長篇。
わ-10-2

若竹七海
さよならの手口
有能だが不運すぎる女探偵・葉村晶が帰ってきた！　ミステリ専門店でバイト中の晶は元女優に二十年前に家出した娘探しを依頼される。当時娘を調査した探偵は失踪していた。（霜月　蒼）
わ-10-3

若竹七海
静かな炎天
持ち込まれる依頼が全て順調に解決する真夏の日。不運な女探偵・葉村晶にも遂に運が向いてきたのだろうか？「このミス」2位、決してへこたれない葉村の魅力満載の短編集。（大矢博子）
わ-10-4

若竹七海
錆びた滑車
尾行中の老女梅子とミツエの喧嘩に巻き込まれ、ミツエの持ち家の古いアパートに住むことになった女探偵・葉村晶。ミツエの孫ヒロトは交通事故で記憶を一部失っていた……。（戸川安宣）
わ-10-5

若竹七海
不穏な眠り
相続で引き継いだ家にいつのまにか居座り、死んだ女の知人を捜してほしいという依頼を受ける表題作ほか三篇。満身創痍のタフで不運な女探偵・葉村晶シリーズ。NHKドラマ化。（辻　真先）
わ-10-6